坂の下の湖

石田衣良

坂の下の湖　目次

I

II

III

IV

V

VI

坂の下の湖

I

だから、どうした！

もう不景気の話にはあきてしまった。同じアジアでも中国・韓国・インドは早々に金融危機から立ち直ったとか、震源地アメリカのＮＹダウが一万ドルを回復したとか、世界中の先進国のマーケットで出遅れているのは日本だけだとか……。おまけにほとんど一〇年連続でわが国のサラリーマンの平均給与はさがっているとか、今年のボーナスは軒なみ大幅減とか、新卒採用に再び氷河期到来とか……。

ここで、はっきりいっておきたい。

「だから、どうした！」

どんなに不景気だって、生きていれば毎日ちょっとはたのしいこともある。仕事のなかには、嫌なこともあるけど、同じ量のやりがいや達成感もある。結局は動いた数字の大小にすぎない景気や業績に、一個人がそこまで振りまわされる必要などない。

第一、この二〇年間ぼくたちニッポン国の国民がダメだったのである。バブル崩壊後の不景気(アップダウンはあっても一連の長いながい不景気だった!)のあいだに、あまりにも政府を頼りすぎたのだ。自民党は国民の声に応《こた》えて、でたらめに借金を重ね、経済対策を繰り返した。いまや公開処刑に近い形で国の予算を切らなければならないほど、新しい民主党政府は追いこまれている。すべては「お上《かみ》」にばかり頼ってきた、ぼくたち国民の力が足りなかったのである。それをきちんと認めないと、いつまでたっても悪いのは官僚だ政治家だで終わってしまう。いいだろうか、現在の日本の「なんだかおもしろくないな」という状況は、すべてぼくやきみのような普通の国民のせいなのだ。

少子化問題だって同じである。自分で誰《だれ》か女の子を好きになり、結婚して(しなくてもいいけど)子どもが生まれる。生きものとして自然なその過程に、子ども手当てとか出産の補助金が欠かせないというのは、逆立ちの思考である。そこまでするなら、恋愛の補助金をだしてみたらいい。恋心のような微妙にして絶大な気もちの力が、わずかな補助金くらいで動くのなら世話はない。若い男女は月々の補助金をもらっても、恋するよりは貯金にまわして終わりだろう。

自分の命や生きかたがまず先にあり、会社だとか世のなかとか不景気はそのあとにくる。不景気だから不機嫌になる理由もないし、不景気だから恋愛をしない理由もないのだ。自分の元気は自分でつくりだすもの。いくら世界や会社が暗くとも関係ない。今日から自分のもち場で、みんな勝手に元気になってしまおう！

「R25」世代の収入は減少傾向にある。編集部からは、そんな淋《さび》しい世代を励ますような内容でというリクエストがあったのだけれど、もう淋しいことはいいたくない。誰かをなぐさめるために、ほかに悪者をつくりだすような旧来のメディアの方法論ではダメなのだ。社会が暗いのも、将来が不安なのも、国の借金が増えたのも、みんなぼくたち自身のせいだよ。明日からもっとばりばり働いて、みんなで借金を返していこう。トップの政治家がメッセージを送るとしたら、それ以外にないではないか。

もう空気を読みながら書くのが嫌だから、はっきりといってしまおう。ぼくはいきすぎた格安商品や、いきすぎたエコ商品が好きではない。「安ければいいだろう」とか「地球環境によければいいだろう」という錦《にしき》の御旗《みはた》が苦手だ。

この冬のボーナスは、大企業平均で一五パーセント以上落ちこむという。だからこそ、今年は自分にきちんとごほうびを贈ろう。新しい一年をがんばりとおせるように、きみ自身と大切な誰かに素敵なプレゼントを贈ろう。あとはこの国を再建するために、みんなでもっと元気に働こう。ぼくも精いっぱい、原稿やっつけます。

（二〇〇九年一二月）

※二〇一三年現在はアベノミクスの壮大な実験中で、景気はもち直している模様。とはいえ、普通の会社員にはほとんど恩恵はないようだ。繰り返しになるけど、それと生きるよろこびや暮らしのたのしさはぜんぜん関係ないからね。みんな、ほんと、元気だそう！

龍馬《りょうま》はいらない

日本人は坂本《さかもと》龍馬が大好きだ。先日も元与党の元大臣が、自分を坂本龍馬になぞらえていた。それをきいて不愉快だといったのは現政権の大臣で、ご当人もやはり坂本龍馬が好きなのだという。めでたい話だ。

龍馬を主人公にした大河ドラマも好評らしい。そちらのほうは見ていないけれど、ぼくも遅ればせながら、すべての龍馬ブームの震源である司馬遼太郎《しばりょうたろう》の『竜馬がゆく』(全八巻)を読んでみた。

土佐藩《とさはん》の下士《かし》の家に生まれた龍馬はいじめられっ子の泣き虫で、塾の師匠から見放されるほど学業不振。おまけに一二歳になっても寝小便をする劣等生だ。その龍馬が江戸にのぼり、名門千葉道場で最高の剣位を極め、時代の風に吹きあげられて人脈を広げ、ついには大藩、薩摩《さつま》と長州《ちょうしゅう》を結びつけ、大政奉還《たいせいほうかん》と明治新政権のグランドデザインを描くに至る。しかも血まみれの激動期に、自分ではひとりの人間も斬《き》らずに、颯爽《さっそう》とこれだけの大仕事を成し遂《と》げる。

マイナスのカードしかもたない主人公が「努力・友情・勝利」の方程式で大成功する。この構図はそのまま少年マンガのヒーローと同じで、この物語が素晴らしくおもしろくならないわけがなかったのだ。さすがに司馬さんである。おかげで締切まえに一週間も寝不足になってしまった。

そんなぼくでも、現代の政治家と坂本龍馬の共通点については違和感をもたざるを得ない。第一、龍馬のころとは違って、今の日本は歴史的な転換点にあるわけではない。それは九〇年代のバブル崩壊のときにとおりすぎてしまった。現在のこの国は低成長の成熟国で、制度をいじればドラスティックに変化するような回復力などもっていない。

逆にいえば、政権党など自民でも民主でもかまわないのだ。予算などおおきくならないパイの切りかたの相違にすぎない。誰が配っても量は変わらないのである。政治家が口にする成長戦略など、絵に描《か》いた餅《もち》だ。自民党は民主党に成長戦略がないというけれど、それなら失われた二〇年に自民党はどれほど素晴らしい成長戦略を実現できたのか。

今、国民のあいだでは政治に求めることのコンセンサスが固まりつつあるとぼくは思う。人々はマスコミや政治家や官僚が考えるよりはずっと思慮深い。国民は政治家に坂本龍馬になどなってもらいたくないのだ。青雲の国には若き革命家が必要だろうが、成熟の国には心優しい実務家で十分だ。

実現すべき政策はもう誰の目にも明らかである。①消費税を三倍か四倍にあげる②同時に年金支給額を二割から三割さげる ③その際に生まれる痛みを和らげる政策的な鎮痛剤を各種対症療法で用意する。政治に求められるほんとうの意味での大仕事は以上の三点に尽きる。あとは政治家になど指示されなくとも、ぼくたちは懸命に働いて、新しい飯の種くらい自分の手で見つけるだろう。

ぼくはこれまで、若い世代の草食傾向をきちんと評価できずにいた。でも、このあたりではっきりさせておきたい。間違っていたのは、バブル世代のぼくたちだったのだ。ごめんなさい。高度成長の再来などという夢を見ずに、一〇年早く巨額の景気刺激策をやめていれば、これほどの財政赤字にはならなかった。その借金を返していくのは、気の毒だがつぎの世代の仕事なのである。

初任給で貯金を始めるのも、自動車やもち家に興味が薄いのも、恋愛や結婚をしないのも、目のまえにある成熟国家ニッポンを生き延びるため、個々の人間が選択した最適解にすぎない。坂本龍馬が不要になった時代に、それではどう生きていけばいいのか。その方法については、次回。

（二〇一〇年四月）

キーワードは「切断」

さて、では前回の続きを始めよう。

前提はこうだ。バブル崩壊を境にして、日本は低成長の成熟国になった。これからはどんな手をつかっても、高度成長期のような経済発展は望めない。あたりまえの話だ。四〇歳で背が一年に一〇センチも伸びるなんて不可能だし、第一そんなことになったら、着るスーツがなくなるではないか。でも、忘れてはいけない。この「あたりまえ」に気づくまでに、日本人は二〇年かかったし、膨大な財政赤字という負の遺産を積みあげたのである。

この借金はいつか誰かが返さなければならない。財務省も政治家も、必ず日本はまた成長軌道にのり、これくらいの借金などチャラになると信じていた。財政赤字を軽減する特効薬は、国の経済のパイ自体が成長することかインフレしかない。でも、経済成長はもう望めないし、当面デフレはあってもインフレはないだろう。四《し》面《めん》楚《そ》歌《か》というのが現在の日本の台所で、暴動が起きたギリシャと数字のうえでは実は大差がないのである。

このコラムを読んでいるきみの貯金はいくらくらいあるだろうか？　バブル崩壊後にもの心ついたきみはきっと初任給からせっせと貯金をしていることだろう。それでも二五歳ではなかなか六〇〇〇万円を超えるのは困難なはずだ。二〇〇九年度の数字では国および地方の長期債務残高は八二〇兆円、国民ひとりあたり六四〇〇万円を超える。きみの貯金をすべてはたいても、到底ひとり分にさえ足りない。うちの子どもは小学校六年生と四年生。元気に公園で駆けまわっているこの子たちは合計一三〇〇万円の借金を抱えている。なんだかめまいがしそうだ。借金をしたのは、おじいさん政治家だが、返すのは残念ながらきみたちつぎの世代だ。あと五年もすれば消費税は嫌でも倍倍以上になっていることだろう。あー嫌になっちゃうなあ。

しかーし、成熟国でたのしく暮らすには、そういうまともなことを考えていたらいけないのである。これまでの日本は国栄えて個人なしという形だった。だが、これからは国はぼちぼちでも個人が勝手に元気な新しい形をつくらなくちゃいけない。

そのためにまず大切なキーワードは「切断」だと思う。サッカーの日本代表を見てもらいたい。一点とられると全員がしたをむいて、消極的に横パスをまわしあうパターンに陥ってしまう。この姿は多くの日本人共通だ。日本人であるということは、これまで「世界第二位の経済大国」であることとか、「豊かな消費と先端技術の国」であることによって裏打ちされていた。これからは日本の経済成長や会社の業績や不景気や少子化なんかから、自分を切断しなければいけない。どんなに息苦しく閉塞《へいそく》した社会だろうが、きみの青春は今の時代のなかにしかない。むざむざ時代の空気に染まって、周囲と同じ暗い顔をしている必要などない。きみは仕事でも恋でも夢でも、自分勝手に追いかけていけばいい。

自分の幸せや気分を、この国や時代の在りかたから切断すること。ある社会に属し、メンバーとしての責務を果たしながら、自由に自分の人生を企画すること。公と私のバランスを再調整して、私を強くしていくしかない。それこそがつぎの日本人の幸せの形だ。その場合追っかける目標は、もうばらばらでいい。従来のように一流大学から大企業にはいり生涯賃金三億円超のホワイトカラーとして働くなんて決まった形は少数派になるのだ。「みんなでいっしょに」は完全になくなった。この新しい生きかたを自由でおもしろいと思うか、不安で怖いと思うかで、これからの人生の色あいは決まってくる。ぼくはこんなにおもしろい時代はないと思うよ。みんな、自分の場所をつくって、勝手にたのしみながら自分の仕事と遊びを始めよう。

（二〇一〇年五月）

※このエッセイがもとになって、二一世紀のリョウマを描く長篇《ちょうへん》を書くことにした。草食男子の再評価を爽快に試みるつもり。さて、どうなりますか。

平成リョウマ

坂本龍馬が大人気である。

大河ドラマの影響もあるけれど、すっきりしない時代に、あの爽《さわ》やかで男らしい生きかたが再評価されているのだろう。出版の世界でもありがたいドル箱だ。今年は女性誌男性誌関係なく龍馬特集を組んでいる。多くが期待以上の反響を記録したという。

でもね、ぼくはずっと違和感を覚えていたのだ。

だって、幕末の土佐や京都と今の東京は同じだろうか。現在は大混乱期でも革命期でもなく、ただの成熟期停滞期にすぎない。ああした時代に英雄が求められ、大活躍するのは納得できる。でも、今の下り坂の皮下脂肪たっぷりのニッポン国では、英雄が活躍する余地なんてないのではないか。

秋から始まる新連載の打ちあわせをしていて、ぼくはついそう口走ってしまった。だいたい作家は天邪鬼《あまのじやく》である。みんなが一様にいいというのが嫌なのだ。場所は恵比寿《えびす》にある鶏《とり》専門の割烹《かっぽう》のしつらえのいい個室である。相手はなじみのベテラン編集者だ。

「だったら、衣良さんはこの現代にどういうヒーローがいると思いますか。こんな男が今、生きていたら最高にカッコいい。衣良さんが書くそういう英雄を読んでみたいんです」

さーて、困った。現代はヒーロー不在の時代だ。野球やサッカーでは何人か海外で活躍しているけれど、スポーツ選手の寿命は短い。残念ながらピークが若すぎるので人としていかに成熟していくかという、運動能力よりもずっと大切な問題の指針にはならない。

ぼくは酔っ払っていたので、適当な言葉をならべた。勢いというのは大事である。とくに連載の内容がまったく決まっていないのに、締切が迫っているときには。

「えーと、二〇代なかばのフリーターで、年収は二〇〇万円台。彼女はいなくて童貞というのは、どうでしょうか」

「なんですか、それ」

編集者は頭を抱えそうだ。

「だって、江戸末期の土佐に生まれて、田舎郷士《いなかごうし》の次男坊で、おまけに学業不振の泣き虫なんて、マイナスの条件ばかりでしょう。その龍馬が見違えるように活躍するから、みんなファンになるんですよね」

さすがに司馬先生は達者で、『竜馬がゆく』をそんなふうに始めている。そこから少年マンガばりの「努力・友情・勝利」の方程式で、薩長同盟と大政奉還を成し遂げるのだ。いやはやたいしたものである。

「では、その平成のヒーローも、なにか大仕事をやるわけですね」

ビールを運ぶ手がとまってしまった。そんな先のことまで考えられるわけがない。小説というのは書く側からはブラインドコーナーの連続である。

「うーん、よくわからないけど、そうカンタンにはいかないいんじゃないかなあ。だって、もうこの国は近代化を終えてますよね。みんなが豊かで、自由になるまでがほんとうの大仕事で、あとは重要な仕事なんて残ってないですよ」

偉大な時代が終わったら、偉大な小説もともに退場することになる。当然のことだけれど、それでは昔の小説と闘えない。かといって殺人事件やファンタジーは書く気がしない。

「だけど、それじゃあ小説にならないですよねえ」

心のなかでついた編集者のため息がきこえてきそうだった。むくむくと反発心が湧《わ》いてくる。

「でも、そういう普通の恵まれない人がヒーローになるのが、現代なんじゃないかなあ。今の日本の最大のテーマって、あれこれむずかしいことといっても、要するに借金返済ですよね。そういうつまらない時代だからこそこつこつ非正規で働く下り坂の英雄がきっといるはずです」

というわけで、結局新連載のタイトルは『平成リョウマ』になった。市役所勤めの父親に龍馬と名づけられた草食男子の物語だ。もちろん当人はそんな名前が大嫌い。ぼくもどんなふうに展開するのか、内容はぜんぜんわからない（第一回はなんとか入稿ラストでぎりぎりに原稿を送りました。でも、こういう新連載は編集者にも作家にも、心臓に悪いもの。以後気をつけます）。

けれど、みんなにいっておきたい。別に非正規で働いていても、フリーターでも、年収が平均賃金の半分でも、おまけに彼女がいなくて、友達がすくなくて、夢も希望もなくても、そんなことはぜんぜん問題ないのだ。卑下することも、下をむくこともない。胸を張って今日を生き抜いてほしい。誰にでも未来はやってくる。それはほんものの坂本龍馬のような華々しいものではないかもしれない。

でも、その未来は一五〇年も昔の再現不可能な幻ではなく、すくなくとも、今日を生きているみんなの未来だ。

ぼくは冗談ではなく、よくわからない歴史上の偉人なんかより、今を耐えて生きている若者のほうが断然立派だと考える。だって、テーマがない時代のほうが、自分の人生の指針を決めるのはずっと難題だ。みんなが道に迷っている。新作はきっとそういう「平成のリョウマ」たちへの全力の応援歌になることだろう。まあ、いつものようにぼろぼろに難航するんだろうけれど。

（単行本書き下ろし）

ひとり勝ちの世界

先日、本屋大賞の発表があった。今年の受賞作は『ゴールデンスランバー』（伊《い》坂《さか》幸《こう》太《た》郎《ろう》著）。手に汗にぎる逃走劇を一〇〇〇枚にわたって書きこんだ、痛快なエンターテインメントである。

ぼくは書店の文芸書売り場担当者と話していて、不思議なことをきいた。

「最近ナンバーワン以外は、ぜんぜんダメなんです」

いったいどういう意味なのだろうか。

「本屋大賞でも第一位の本はよく売れるんですけど、それ以外のノミネート作品はまったく動かないんです」

この賞を知らない人のために補足しておくと、本屋大賞は候補一〇作品のなかから全国の書店員の投票でグランプリが選ばれる。当然、店頭には候補作が何冊も同時に平積みされている。

「二位でもダメなんですか」

「はい、残念ですけど」

これと似たような話を、あちこちできくことが多くなった。映画や音楽関係の現場で、同じような意見が飛び交っている。ナンバーワンは確かに大ヒットになるけれど、二位以下は大差をつけられて沈んでしまう。これはエンターテインメントの未来を考えるとき、実に憂慮《ゆうりょ》すべき事態だ。

大ヒットが一本あるよりも、さまざまな種類の中ヒットがたくさんある。競いあってチャートが元気でにぎやかになっている。そちらのほうが、おたのしみだってずっと豊かに決まっている。

受け手はバラエティに富んだテーマのさまざまな作品から、各自の好みで自由に選択できる。つくり手は企画や芸術性の幅を広げて、より自由な創作が可能になる。創作の世界の豊かさは、記録破りのブロックバスターではなく、無数の中小スマッシュヒットによって支えられている。

なぜ、こうした事態になってしまったのか考えると、淋しい結論にたどりついてしまう。観客が自らの趣味や鑑賞眼で作品を選ぶ自由（これ以上はないくらい貴重な自由だ！）を放棄し始めているのだ。書籍も映画も音楽もあまりに種類が多くて、情報過多に陥っている。面倒だから自分で調べたり評価したりするのを投げて、どのジャンルでもランキング一位のものを選んでおしまいにする。それでは受け手の個性は伸びていかないだろう。なんといっても、アートの効用のひとつは、その世界にふれることによって、心の力をより強く深くして、個性を伸ばしていくことにある。

面倒なだけならまだいいけれど、事態はさらに進行している。みながいいといっているもの、みなが泣けると感動したものを、自分もニッポン人の平均値からはずれていないことを確認するために鑑賞する。こうなると作品というよりも、初歩的な情操を調べる全国統一テストと変わらない。

世界的なインフレや格差社会への不安は、わからないわけではない。現代は普通に生きて、格差の斜面を滑り落ちないようにするだけで、全力が求められるのかもしれない。けれども、ほっとひと息つくおたのしみの時間にまで、多数派と同じであることの安全さや選択をミスしない効率性を求めなくてもいいではないか。

第一位がダントツで君臨して、その他大勢は沈んでしまう。この構図はいまやどの産業でもよく見られる形である。若い読者は、そういう事態を決してこころよく思ってはいないと、ぼくは信じている。好きな本や音楽や映画を選ぶときくらい、ひとり勝ちの世界の流儀からはずれてみよう。選ぶ権利、たのしむ権利は、あなたがもっている。芸術やエンターテインメントのいい受け手、センスのいい消費者であることが、世界を変えていくひとつの手段になるのだ。ときにはしんどくても、自由を投げ捨てたら、そのときから凡庸《ぼんよう》と退屈が始まる。

（二〇〇八年七月）

選ぶは、たのしい

さて、今回のテーマは選択だ。

古典的なSF小説のジャンルに多次元宇宙ものというのがある。ひとりひとりの人間がおこなう選択により、世界は別々の方向に分岐していき、結果的には無数のまったく異なる世界が、この宇宙に並行して存在するようになるという驚異の思考実験だ。

たとえば、きみが気分しだいで朝食でトーストをたべるか、ごはんと味噌汁《みそしる》にするか、あるいはなにもたべないかという選択をする。その結果によって、世界全体の在りかたが変わってしまうのである。もちろん、それは小説だから、アメリカの大統領がたまたまファーストレディと口げんかをして朝食が抜きになり、その結果いらいらが募り、図らずもミサイルの発射ボタンを押してしまい、世界は熱核戦争で滅亡するなんて展開になるのだ。

さすがにSF作家で、おかしなことを考えるなあという人も多いかもしれない。でも、ぼくは時々刻々と人間がくだす選択で、世界が変わるという並行宇宙のアイディアは、案外この世界の真理の一端なのではないかと考えている。シェークスピアではないが、やけに真剣で、それでいてバカらしいこの世界では、重要なものはどうでもよく、一見無意味なことが実は重要なのだ。その逆説のなかに人生の極意があるといったら、いいすぎだろうか。

目のまえで起きる日々のちいさな選択……今日着る服とか、ランチの店とか、どのフリーペーパーを選ぶかとか、午後イチの仕事とか、夜のデートとか、眠るまえ三〇分の読書とか……そういう雑多でどうでもいい選択こそが、その人の性格や生活習慣の基本を形づくる。

そうした生活の細部にくらべたら、誰もが思い悩む一〇年後の目標だとか、出世だとか、年金なんてことは、実はどうでもいい結果にすぎない。だいたいそういうことは予測不可能なのだから、考えるだけ無駄じゃないですか。そんなことより、大切なのは今日一日と目のまえにある愛すべきあれやこれやなのだ。

どんな分野であれ成功する人は、日々のちいさな生活習慣を積みあげている。ちいさなことは真剣に選択する。重要な（といわれる）ことは感覚や気分で適当に決めてしまう。それが人生を悔いなく快適にすごす秘訣《ひけつ》なのだ。まあ、そんなふうに適当に選択していると、みんながあれこれとうるさいことをいってくるけど、そういうのはあっさりと無視しよう。この面倒だらけの世界では、人がやることの逆をやっておけば、それほどハズレはないものである。

というと、なんだかひどく偉そうだけど、ぼくが現在悩んでいる選択は別にたいしたものじゃない。まず第一は、この二年くらいのっている自転車を買い換えようかどうかというもの。今のクロスバイクは性能もよく、手ごろな価格で、街のりにはなんの問題もない。けれど、最近の自転車の進化は恐ろしいもので、カスタムメイドのロードレーサーなんかは、パーツのいちいちがカッコよく、フレームのペイントなんかもいかしているのだ。まあ、イタリア製で一台三〇万円はくだらない高級品だけど、自転車にはほぼ毎日のるからなあ。メタボ対策にもいいし、ちょっとおごってしまおうか。これは真剣に悩んでしまう。

さらに、新しいスピーカーを買おうかどうかでもたのしく悩んでいる。仕事部屋にあるものは、オーストリア製でクラシックやアコースティック楽器の再生には、まあ満点近い。けれど、今度気になっているのはイスラエル製の超ハイテクスピーカーなのだ。

考えてみると、選択にはするか、しないかだけでなく、たのしく悩むという三段階があるのだった。みんなもたのしい選択をいくつか用意して、この退屈な毎日をのり切ってください。

（二〇一〇年六月）

クイズ番組恐怖症

なぜかクイズ番組が花盛りである。おっちょこちょいのぼくも、何度か声をかけられて出演してしまった（それもなんともはずかしい文化人枠）。事前の想像どおり、成績はまったくといっていいほど振るわなかった。テレビのまえで見ているときは、あんなに簡単そうに見えるのに、スタジオの現場では難問ばかりなのだ。

よくきかれるのが、あの手の番組には裏があって、タレントは解答を教えてもらったりしているのではないかという質問である。でも、ぼくの知る限りクイズ番組は完全なガチンコ勝負である。だから、できないと余計にはずかしいのだ。

先日の「Qさま!!」は、イケメン大会というなんとも危険なタイトルだった。けれど素直にイケメンと呼べるのは、パックン（ハーバード大卒）と舞台版『テニスの王子様』でブレイク中の池上翔馬《いけがみしょうま》くん（こちらは東大大学院在籍中）くらい。

石原良純《いしはらよしずみ》さんや小島《こじま》よしおくんは、どう考えてもイケメンでなく濃いメンである。

収録途中までは全員が絶好調で、今度はハワイにいけるかもしれないという雰囲気がスタジオ中に満ちていた。けれど最後に一問だけクリアすればいいというところまでいって、立て続けにぼくがミスってしまったのである。

「そそのかす」を漢字に直すなんて、作家として絶対にできなくちゃいけない問題で、送りがわからなくてギブアップした（正解は「唆す」。漢字だけなら書けたのに残念）。「情けは人のためならず」という初歩的なことわざの意味も間違ってしまった。冷静に考えればわかる問題だけれど、収録で緊張すると悲しいくらいできないのだ。

でもね、北海道に関連するこの人物の名前をあげよという問題は、ほんとにむずかしかった。だって、一七世紀和人に抵抗したアイヌの英雄は？（正解はシャクシャイン）とか、ロシア初の遣日使節は？（ラクスマン）などという出題なのだ。どれもいわれてみれば、日本史の教科書でかすったかもしれないというくらいの難問である。

この春から、テレビ番組表ではクイズのプログラムが大増殖しているけれど、ここにも現代を生きる日本人の不安が背景にあるというのは、ぼくの考えすぎだろうか。いまだに続く「品格」ブームのあとは、「クイズ」ブームが到来したのだ。品格のときには、誰もが知っているあたりまえの生活常識にスポットライトがあたった。品格という名の最低限の常識を確かめておきたかったのだろう。

その不安がさらに深まって、雑学や知識で積極的に身を守りたいという気分になった。それがクイズブームではないだろうか。格差社会の坂道をすべり落ちるのが怖くて、寝そべって見る夜のテレビでさえ勉強しておこうといういじらしさなのだ。

いいわけするわけではないけれど、知識があることと頭がいいこと（創造的知性）はまったく次元が異なる問題だ。いくら知識を頭のなかに詰めこんでも、それはただ受身の情報にすぎない。そんなものは図書館やネットに無料で、無尽蔵に存在する。

ほんとうの知性の働きには、自分のおかれている環境や生活を向上させる具体的なアウトプットが欠かせない。日々の生活のなかで発生するこたえのない問題に、自分なりの視点からソリューションを見つけていく。それこそがほんとうの「知」の働きなのだ。

生きることを安全で快適にする。有史以来人間の頭脳はその目的のために使用されてきた。もちろん神さまではないから、あれこれと世界中に問題は残っているけれど、人類はここまでのところそう悪くない成果をあげてきた。クイズにばかりつかうには、ぼくたちの頭脳はあまりにもったいないリソースである。

（二〇〇八年六月）

一二月のあなたへ

今年もいよいよ残りわずか。あなたはどんなふうにいそがしい日々をすごしていますか。今年はいい一年でしたか、あるいは忘れてしまいたいような残念な一年でしたか。人によって年の瀬を迎える気もちは、まるで異なるもの。ひとりでも多くの人が、あたたかな思いで今年を見送ることができるよう祈らずにはいられません。

このページでは一二月の年内最終号で、毎年一年を振り返る文章を書いてきました。今年はなんといっても、リーマンショック以前と以降で、まったく別な時代になってしまった。世界の風景が変わったのです。経済というものが、これほど世間の風むきや人の内面に影響するのかと、改めて驚かされたのでした。

年の前半は、中国を筆頭に新興国の大好況に引っ張られて、日本経済も順調。原油の高騰《こうとう》だけが玉に瑕《きず》だったけれど、新刊『シューカツ！』にも書いたように就職戦線は久々の売り手市場で元気いっぱいだった。ところが北京《ペキン》オリンピックをクライマックスに、世界中が暗転してしまう。

九月一五日にウォールストリートの投資銀行リーマン・ブラザーズが破綻《はたん》。このコラムの愛読者なら、ライブドア事件でホリエモンも村上《むらかみ》ファンドもババを引いたのに、ただ一社巨額の利益をあげてそしらぬ顔をしていた外資系金融機関の名前を覚えているかもしれない。だが度をすぎた強欲（GREED！）には、やはり相応の罰が待っていた。その後世界を襲った株価暴落と実体経済の悪化は、誰もがご存じのとおり。

世界がまるで変わってしまったあの日から、まだ三カ月ほどにしかならないのだ。そのあいだに失われた数百兆円という富と数百万という職のことを考えると、気分が暗くなってしまう。日本の二五歳以下の若年労働者は、約半数が非正規雇用だという。その雇用の砂の城が津波にのまれるように根こそぎ消失してしまった。今この文章を読みながら、正月をどう迎えたらいいのか悩んでいる若者も決してすくなくないことだろう。来年も経済的には明るい展望がないという点で、経済の専門家も街の若者もめずらしく意見が一致している。ああ、弱ったなあ。

ぼく個人でいうと、今年でちょうどデビュー作『池袋ウエストゲートパーク』の上梓《じょうし》から一〇周年だった。作家の世界は、プロゴルフのトーナメントプロに似ているかもしれない。プロとして生活していける人数も、毎年若い力が続々と参入してくるところもよく似ている。賞金王の年間獲得額では、ゴルフよりは作家のほうがだいぶ上だけれど、一〇〇番目の収入が普通の会社員とさして変わらないというのも同じである。そんな厳しい世界で一〇年間なんとかステイするのは、至難の業《わざ》なのだ（うーん、ぼくの場合そんなにタイヘンそうに見えないかもしれないけど）。その証拠に出版界には「一〇年もてば、だいじょうぶ」という定説がある。石にしがみついてでも、一〇年がんばれば、なんとか自分の場所をつくれる、だからあきらめずに書き続けなさいという言葉だ。

この言葉、読者のあなたにもそのままあてはまると思う。仕事のすべてがおもしろいという人はごく少数だろう。だが仕事へのモチベーションをもち続け、自分の能力をすこしずつでも磨いていける人なら、一〇年がんばれば必ず仕事のほうから報いてくれる。たとえ会社がそれほどでなくても、業界のなかにきっとあなたを評価してくれる人の輪が生まれる。

暗くて寒い時代こそ自分の内部に潜って、じっくりと力をつけるのに適した時期だ。いつか大輪を咲かせるためにしっかりと根を張る地道な暮らしを始めましょう。ぼくも一一年目、なんとかしのぎます。

（二〇〇八年一二月）

※といっているうちに、デビュー一五年目も終了。ＩＷＧＰシリーズの第一期全一〇冊が完結し、二〇一四年春には第二期の一冊目がでてしまいます。いや、ほんとによく生き残ったなあ。ちょっと自分をほめておきます。えっへん。

今二五歳でいること

秋葉原《あきはばら》で七人が死亡する無差別殺傷事件が発生した。容疑者のKは二五歳で、技術系の短大を卒業してから、派遣社員として全国各地の製造現場を転々としたという。

Kは事件の数カ月まえから、携帯サイトの掲示板に多数の書きこみをしていた。多いときは一日に二〇〇通も投稿したのである。ぼくはそれを読んでみた。

「勝ち組はみんな死んでしまえ」

「友達ほしい　でもできない　なんでかな　不細工だから　終了」

「別の派遣でどっかの工場に行ったって　半年もすればまたこうなるのは明らか」

「彼女がいない　それが全ての元凶」

こうしたやり切れない言葉が延々と続いている。内容は自分の孤独のつらさや容姿のコンプレックス、派遣仕事の先行き不安、恋人がいないといった、誰もが思いあたることばかりである。

現在二五歳以下の労働者の半数は非正規雇用で不安定な仕事を続けている。Kのように未来に不安を抱《いだ》いたり、友人がいない、恋人がいないと嘆く人も数多いことだろう。若いうちは誰だって、容姿のコンプレックスのひとつやふたつはあるものだ。

ぼく自身も二五歳のときは、フリーターで職を転々としていた。大学時代の友はみな正社員として企業に就職していたので、友人の数はすくなかった。恋人もいなかった。将来への不安は抱えきれないほどだった。ひとりで本を読んで耐えるだけの暗黒の時期だったのである。

だが、二三年まえのぼくも、今を生きる多くの二五歳も、決してKのようにはならなかった。単に無差別殺傷事件を起こさなかったといいたいのではない。自分の未来や可能性をKのように簡単には投げ捨てなかったのだ。安易な絶望に逃げこむこともなかったし、厳しい状況に耐えながら、いつか自分の身に起きる変化を粘り強く信じていた。

ぼくはKは時の流れというものをなめていたと思う。いつまでも自分が同じままでとどまる、もう変わることはない。愚かにも、そう単純に信じてしまった。けれど、時の力からは誰も逃げられないのだ。四面楚歌だと思われる状況だって、いつか絶対に変わっていくのである。どれほど厳しくつらい状況も永遠に続くことはありえないからだ。

あの日借りだしたトラックで秋葉原にいかなければ、Kはいつか正社員として希望する仕事に就《つ》けたかもしれない。Kのことを愛してくれる恋人を見つけられたかもしれない。家族をつくり、自分の子を抱きあげ、笑いかける日がきたかもしれない。

日本の刑法では殺人の最高刑は死刑である。七人も犠牲者をだしたのでは、極刑以外の選択を裁判所がくだすのは困難だろう。Kは自分の未来を、秋葉原の路上に空き缶でもポイ捨てするように、簡単に投げだしてしまった。

Kと同じような境遇で暮らしている二五歳は全国に数十万人単位で存在することだろう。若かったころのぼくに似た、その多くの二五歳にいっておきたい。今、きみがおかれている状況は、必ず変わるだろう。変化の芽はなかなか見えず、ときに心が絶望にかたむくことがあるかもしれない。
けれど、ぼくはあなたがKのように自分（かけがえのないひとりの人間）の未来と可能性を投げ捨てることを禁じます。その場で耐え、自分の力をすこしずつ磨き、いつかやってくる変化の時を待ってください。待てる人は変われる。嵐《あらし》の空もいつかは晴れる。時は誰にでも平等に流れるのだ。あなたが今日を耐える力をもてますように。

（二〇〇八年六月）

II

セルフヘルプ？

新しい年は迎えたけれど、いいニュースがまったく見あたらない。新聞でもテレビでも、世界金融危機と派遣切りの暗い報道ばかり。二〇〇九年のスタートは、間違いなくこの一〇年間で一番暗くて重い雰囲気だった。

先行きの見とおしが悪く、右肩さがりのマイナス成長の時代になると、ついつい自分の身だけは守ろうと、誰もが専守防衛的な気分になりがちなもの。去年一年間のベストセラーリストを見ると、その手の自己啓発・自己発見本（セルフヘルプブック）が上位にずらりとならんでいる。

ゾウの神さまによってよりよい人生の生きかたを教えられたり、学校の先生に最低限の人間の品格を教えられたり、学者に脳力開発や知的生産性アップの方法を教えられたり、よくわからない人に血液型別に人類の大雑把《おおざっぱ》なタイプを教えられたり。

肝になるのは、とにかく不安だから、なにかをすぐに「教えてもらいたい」という欲求なのだ。この欲望がいかに激しく深刻なものかという証拠に、自己啓発本の世界では一〇〇万部を超えるようなベストセラーがごろごろしているのだとか。そんなに売れるなら、その手の本を書いてみようかなと、ぼくなんかも思ったりする。けれども、やはりそんなことではイカンと自分を叱《しか》る日々なのだ。

自己啓発本の多くには、致命的な欠点があるとぼくは思う。こたえがカンタンすぎて、ハッキリしすぎていることだ。明日からすぐにできそうなよりよい習慣やより賢げな考えかたが、あの手の本には山のように書いてある。心のもちようさえ改めれば、あなたも明日から生まれ変われるなどという、怪しげな戯言《ざれごと》だ。しかし普通の人間の習性として、目のまえに解答がぶらさがっている場合、自分の頭ではめったに考えることをしなくなるものだ。

こたえがあるから、考えない。考えずにそのまま試すから、うまくいかない。かくして、またつぎの自己啓発本のお世話になる。ぐるぐると啓発されない悪《あ》しき回転が続き、ミリオンセラーがたくさん生まれていくという笑えない構造だ。お仕着せのありふれた「よりよい生きかた」をありがたがって、無反省に受けとっていく。

それでは真の意味での自己啓発などできるはずがないではないか。印刷所で本を刷るように「よい生きかた」など、容易にコピーできないのだ。

もし、きみがほんとうに自分を救いたいのなら、カンタンなこたえが書いてあるような本に飛びついてはいけない。耳ざわりのいい成功への秘訣《ひけつ》でなく、自分なりにカスタマイズされたオリジナルな方法を自分でつくりあげるしかない。自分自身を救えるのは、自己啓発本の著者ではなく、きみ自身でしかないからだ（ぼくにはあの手の本の著者が実際に啓発に満ちた暮らしを送っているようには到底思えない）。こうしたことは、ごくあたりまえの常識だと思うのだが、恐慌前夜の現在ではその程度の常識さえ通用しないらしい。

明日失業するかもしれない圧力にさらされて不安になる気もちはわかる。そういうときこそ、怪しげな抜け道ではなく、自分のほんとうの実力をじっくりと養うべきなのだ。一冊一〇〇〇円かそこらの本で、カンタンに救われるほど、きみの人生は安くないはずだ。それくらいの自負は、未来ある若者には抱《いだ》いてもらいたい。

新しい年が始まった。まだトンネルは長いかもしれない。だが、そういうときこそ、その人の力が試されるときだ。つぎのジャンプにそなえて、しっかりと力をためこんでいこう。生きることは自己啓発本のようにカンタンではないけれど、日々ちいさな発見や成長やおたのしみがある。雨の日ほどうえをむいて歩く。その心意気が大事なのだ。

（二〇〇九年一月）

運のいい人、悪い人

春の雷が遠くで響いていた。そこは神宮前《じんぐうまえ》の高級割烹《かっぽう》の個室である。このコラムの連載一〇〇回を記念して、編集部が奮発して招いてくれたのだ。料理は春なので、サクラ尽くしだという。

ぼくの正面には、まだ若々しい新編集長が座っていた。あれこれと最近の出版不況について話がはずんだ。日本最大の出版社が赤字に転落し、雑誌はどこも壊滅的に部数をさげている。広告の入稿状況は非常に厳しくなった。不景気などどこ吹く風だったテレビの在京キー局でさえ、経費削減の嵐《あらし》にのまれている。

「いやあ、ほんとに半年先のことだってわからない時代だよね」とぼく。

考えてみたらリーマンショック以前には、こんな事態は世界中のすべての人にとって想定外だったのだ。

「そうですね。でも、それは会社でも同じかもしれない。実力も大事だけれど、サラリーマンの最後の決め手は運じゃないでしょうか」

編集長は急におもしろいことをいい始めた。京都から送られてきた朝掘りの竹の子がとても甘い。若竹煮の組みあわせを考えた料理人は天才だ。

「へえ、それはどういうこと？」

「ぼくが入社したころ、すごくいい仕事をして輝いていた人が、今も輝き続けているとは限りません。景気の善し悪しや配属される部署の問題もありますし、ずっと結果をだせる人はまずいません。最後のところでトップにいけるかどうかは、会社員の場合結局は運なんじゃないでしょうか」

今から一一年まえ、ぼくと同時期にデビューした作家は数多くいる。そのなかで生き残っているのは、ごくわずかだ。もちろんそれぞれの作家の筆力や資質の問題はあるだろう。だが、力があると自他ともに認めていた人でさえ、いつのまにか名前をきかなくなることが多かった。

そうした場合、運不運といった非合理的な説明しかできない微妙な差異しか存在しないようなのだ。努力なら誰《だれ》でもしている。情報だってもう大差はないだろう。

一日は誰にも二四時間しかない。ひとりの人間に可能な仕事量は、たいして変わらないものだ。大量の小説を並行して抱え、全方位でメディアとつきあいのあるぼくがいうのだから、信用してほしい。それでも、やはり人に差はないのだ。

その証拠に今年の新卒フレッシュマンと最終学年を迎えた学生を比べてみるといい。ただ一年早く生まれたか、遅く生まれたかの違いしかないのに、去年春の絶好の売り手市場はがらりと様子を変えて、今年は就職氷河期なみに厳しく落ちこんでしまった。就職課で話をきくと、去年はこれでだいじょうぶかという学生が大企業から複数の内定をもらっていた。今年はどれほど優秀な学生でも、内定をひとつ得ることさえ困難なのだ。

当人の努力でも、積みあげてきた実力でも動かしがたい、わずかな、けれども決定的な違い。それを指して、ぼくたちは運というのだろう。運はいい人も、悪い人もいる。自己啓発書のように簡単に心がけしだいで変えられる程度のことは、運とはいわないのだ。

大人になることは、運に対する耐久力を身につけることかもしれない。幸運の場合はなんの問題もない。感謝して受けとり、調子にのりすぎないようにすればいい。

厳しいのは悪い運がつぎつぎと襲ってくるような場合だ。そうしたときに自分の心を切ってしまうと、悪運はとどめを刺しにさらに集団で押し寄せてくる。そこで腐らずに自分を守る力が求められるのだ。

時代は確かに厳しい。まだトンネルの先は見えない。でも、ここで耐える力を養うことは、きっと明日の飛躍の原動力になる。身を低く、志は高く、この難局を耐えていこう。

（二〇〇九年四月）

不運なフレッシュマンへのアドバイス

フレッシュマンが職場にやってくる季節になった。新入社員の心得について、新聞や雑誌では毎年この時期になると、必ず特集が組まれる。いろいろな人が、実にいろいろなアドバイスをするのだ。いい考えもあれば、なかには首をかしげたくなるようなものも（笑）当然ある。

そこで、ぼくもこれから働く若いきみのためにひと言いっておこう。このあとに続くのは、すべて嘘《うそ》のない正直なアドバイスだから、いいことばかりではない。いきなり四月から目のまえが暗くなる言葉もあるだろう。でも、それがぼくたちの生きている二一世紀の現実なのだ。もう新人ではない「R25」世代も参考にしてほしい。

まず入社して周囲をよく見まわしてみよう。残業は多いか、仕事の密度は濃いか、オフィスは風とおしがいいか。きみが働いているのが、どんな職種のどんな職場でも必ず問題点はある。学生から社会人になったばかりな分、未知の衝撃もそれだけ激しいだろう。

けれども、その職場の先輩たちがやりがいをもって、いきいきと働いているようなら、まずは合格だ。とりあえず少々給料が安くても、仕事がきつくても、気のあわない上司がいてもいい。おめでとう、きみの就職先は正解だったのだ。フレッシュマンに贈る言葉によくあるとおり、その会社にすくなくとも五年はステイして、きちんと仕事のスキルを身につけてください。それはきっときみの一生の財産になる。そのスキルさえあれば、短くはない人生だってなんとかしのいでいける。

成功した人へのアドバイスは短くてすむし、気分のいいものだ。だが、残り半数の間違った選択をしたみんなはどうしたらいいのか。入社した早々に先輩の送別会に連続で出席しているような人も、日本全国には無数にいるだろう。デフレ不況が長引いて、社員を人としてあつかわないような企業が増えている。名目だけの管理職に仕立て、現場の社員に残業代を払わないなどというのは、ほとんど詐欺にも似た手口だ。オフィスの空気が腐っていたり、上役にゴマをするだけで仕事をしない中間管理職ばかりだったり、現場に無理を押しつけ、まったく会社からの支援がない職場もあることだろう。終電帰りが続き、どれだけ残業しても仕事の山はまったく減らない。しかも、業界は時代の風をはずれ、じりじりと全体のパイを縮小している。この会社にも自分にも、未来はあるのだろうか。せっかく正社員として夢を描いてはいった会社が、ほんのひと月で色あせようとしている。

ビジネス誌には成功した企業の例しか掲載されないので、ダメな企業のサンプルを多くの若者はしらない。先ほどぼくがあげたのは、すべて自分が経験した職場の話で、思いだすだけでうんざりするくらいのものだ。

会社を辞めるか、そのまま続けるか。真剣に悩んでいる人も無数にいるだろう。このまま続けても将来は限りなく暗い、だが多くの場合転職はより規模のちいさな企業・より安い給与へのしたむきのスパイラルになりがちだ。しかも親や親戚《しんせき》、同期の友人たちへのメンツもある。

そんな立場に入社早々おかれたら、さぞ苦しいと思う。毎朝目を覚ますのが、恐ろしくてしかたない人も多いだろう。不景気だから、無理してでも正社員としての身分を守ったほうがいいと、ほとんどの人はいう。でも、ぼくは転職もいいのではないかと思う。ただし、その会社に籍をおきながら、きちんとつぎの会社を見つけるのが肝心だ。転職のチャンスはせいぜい二～三回しかない。それも若いうちほど有効につかえるカードだ。もちろんつぎも失敗する可能性はある。だが、自分の人生だ。損も得もすべて自分で背負って、前進するしかない。四月から失敗したきみの、つぎの幸運を祈る。

（二〇〇八年四月）

キャバ嬢の時代

　窓辺のカーテンも、ベッドカバーもあざやかなピンクだった。そこは新宿区某所にある売れっ子キャバ嬢の住まいである。ぼくはちいさなテーブルをはさんで、まだ二〇歳《はたち》すぎの彼女にインタビューしている。小柄でグラマラスな彼女は、北海道すすきのの店の元ナンバーワンで、まだ東京にきて数カ月だという。

「札幌《さっぽろ》にいたころは一本三〇〇〇円の焼酎《しょうちゅう》を自分でがんがんのんで数字をあげてました。それが東京にきたらみんな一本三万円のシャンパンをぽんぽん開けてくれる。不景気なんて、どこにあるのって感じです」

　なるほど、不景気といっても地域によってさまざまなのだろう。将来の夢はなあにと、ぼくは質問した。

「二〇代なかばで結婚して、三〇歳のときには自分のブランドを立ちあげていたいですね。マルキューに店がだせたらいいなあ」

　それは確かに素晴らしいけれど、そう簡単にはいかないとみんなは思うかもしれない。ところが、今やキャバ嬢はアイドルなのだ。彼女が開いているブログへのアクセス数はなんと連日二万を超える。とあるサイトではブログのアクセス数ベストテンのうち、半数近くがキャバ嬢なのだとか。その子たちのさらに半数が、自分のブランドの立ちあげに成功している。年商はすでに数億円を記録したところもあるのだとか。

「小悪魔ageha」というファッション誌は、この出版不況のなか創刊四年目で毎号三五万部を売りあげている。この雑誌に登場する読者モデルの三割は現役キャバ嬢なのだ。キャバ嬢はファッションリーダーで、若い女の子のあこがれの仕事なのである。

　考えてみると、水商売は以前ならあれこれ考えた末に就く最後の仕事だった。現在では、高卒女子の就職希望上位に堂々くいこんでくる。キャビンアテンダントや女子アナウンサーなどとならんで、最初に就きたい理想の仕事のひとつにまでなったのである。

もちろん夜の仕事は誘惑も多いし、金銭感覚が狂ってしまうこともあるだろう。売れっ子になれば月収が二〇〇万円を超えるという。自分を律していくのは、容易なことではない。それでも、ぼくがテレビの取材で会った八人のキャバ嬢は、みな積極的に将来のプランを練って、きちんと貯金をしながら働いているようだった。

若い女性は時代を映す鋭敏な鏡だ。男女雇用機会均等法から二十数年。いまだに女性の平均年収は男性の半分におよばない。そのうえにこの金融危機である。将来の夢がある、資格をとるため学校の入学金が必要だ。まとまった資金を稼ぐには、なかなか普通の仕事では困難で、多くの女性がこの仕事を選ぶのも無理はない。

おもしろいのは、それがひとつのキャバ嬢的文化を生んでいるところだろう。どうも日本では新しいカルチャーというと、誰か仕掛け人がいて、それにメディアと広告代理店が絡んでとといううさんくさい構図になりがちだ。ところが、日本中で広まっているキャバ嬢ファッションや独特のデコレーション様式（若い女の子の携帯のクリスタルのデコ盛）などは、自然発生的なものなのだ。そういう意味では、男子のヤンキーブームといい、キャバ嬢ブームといい、ちょいワルの一〇〜二〇代が元気なのである。

それはそうだよなあ。いくら世界的不況とはいえ、青春は一度しかない。大人が落ちこんでいるからといって、自分たちまで沈んでいたら青春が終わってしまう。取材後のぼくの気分は爽《さわ》やかだった。みんな、どんどん元気をだして、がんばればいいのだ。これからぼくもきちんとキャバクラにかよってみようかな。

（二〇〇九年六月）

ミッションは、四八時間！

去年の秋の締切地獄の最中《さなか》だった。旧知のNHKディレクターから、電話がかかってきた。

「石田さん、また新番組のパイロット版なんですが、お願いできませんか」

パイロット版というのはレギュラー番組化するまえのテストである。前年にぼくは若手アナウンサー（これでよかったでしょうか、Uさん）三人と対談をして、ベストインタビュワーを決めるという番組に出演していた。

ちなみにそのときのお相手は、松本和也《まつもとかずや》さん、住吉美紀《すみよしみき》さん、有働由美子《うどうゆみこ》さんのぴかぴかのスターアナウンサー。ひとり四〇分の予定だったけれど、やはりそれくらいの時間では、なかなか核心に迫るインタビューにならない。気がつけば九〇×三＝二七〇分の長時間収録（某公共放送局は割といつもこうです）になったのだった。終了したときには、ぼろぼろ。しかも最後の有働さんとの対談で、バーでシャンパンなんかのんでしまって、その日の原稿仕事はすべて翌日まわしになったのだった。沈没！

ここで冒頭にもどります。ディレクターに、恐るおそるおうかがいをたてた。

「あの、今度はどんな番組をやるんでしょうか」

「クリエーターに課題をだして、それをどんなふうにクリアしていくか、考えるプロセスを見てもらう番組です」

へえ、と心のなかでぼくは思った。テレビであつかうテーマとしては、かなり高度な内容である。ちょっとおもしろそうだ。

「それで、ぼくはなにをすればいいんですか」

ディレクターは電話のむこうでにやりと笑ったようだった。

「それは当日までお教えできません。タイムリミットは四八時間です。石田さん、やってもらえませんか」

おもしろそうと思ってしまった時点で、ぼくの負けだったのだ。カモというのは、いつだってネギをしょっているのである。

「わかりました。またがんばってみます」

撮影当日、カメラクルーを引き連れて、ディレクターが仕事部屋にやってきた。いきなり封筒をわたされる。おもてにはMISSIONの文字。なんだか秘密諜《ちょう》報員《ほういん》のようだ。なかにはカードが一枚はいっていた。ぼくは読みあげた。

「自殺願望のある少女が自殺を思いとどまる童話」

「でも、それだけではさすがに石田さんだと、すぐにできてしまいますよね。そこで『広辞苑《こうじえん》』から選んだランダムな単語三つを、重要な小道具としていれてもらいます」

もうハードルはどんどんあがっていく。目をつぶってでたらめに指さした先にあったのは、ガチョウ・光学・草書の三つ。どうなんだ、このお題。

カメラが密着した二日間、ぼくのスケジュールはめちゃくちゃだった。雑誌の取材四本、週刊誌の連載小説一五枚、テレビの収録三時間である。その合間を縫って、資料を探し、構想を練り、実際に書きあげなくちゃならない。しかも、ミッションはほとんど曲芸のようなものだ。

ふう、なんとか書きあげた顚末《てんまつ》は、去年のクリスマスに放送されました。まあ、ぼくもＮＨＫもむちゃをするものです。さてさて、その課題作「光の国の姫」はどんな作品になったのか。現在、書店にならんでいる「小説すばる」に鯰江《なまずえ》光二《こうじ》さんの素敵なカラーのさし絵つきで載っているので、ぜひご覧ください。テレビでは収録時間の関係で、お話は途中でカットされていますからね。

うーん、つぎはどんな番組に呼ばれるのかなあ。なんだか、怖いけどその恐怖が快感になってきたような。テレビは確かに特殊なメディアだけど、うまく遊べるとなかなかおもしろいものです。

（二〇〇八年二月）

※結局『光の国の姫』は番組のＤＶＤつき絵本として、本屋さんにならんでいます。今もぼくはネギをしょったカモのままだなあ。

お金貯《た》めてる?

お金の話はむずかしい。

最近、若い友人と話していて驚くことがある。みな実によく貯金しているのだ。まだ二〇代で、社会にでて働き始めたばかりなのに、せっせと銀行預金を貯めこんでいる。それどころか現金だけでなく、投資信託とか外貨預金とか国債とか、蓄財の種目を研究して財産形成に余念がない。これはぼくのフレッシュマン当時には、想像もできない事態だ。

初めて勤めた広告会社では、先輩にいわれたものである。二〇代は貯金なんてするものじゃない。もっと自分を磨くために、遊びでも勉強でもいいから身銭をつかえ。日本は年齢給だ。四〇歳になれば月四〇万、五〇歳になれば五〇万の給料はもらえる。若いうちは貯金なんて考えなくてよろしい。

うーん、自分で書いてもうっとりしてしまう。夢のような時代が、この国にもあったのである。時はバブルがはじける数年まえ、日本経済はのぼり坂を全速力で駆けあがるエネルギーに満ちていた。景気も未来も雇用も、牧歌的な状態だった。

そのころのぼくの財布の中身はどんなふうだったのか？　読者のみなさんがしたい質問はわかっている。ぼくはへそ曲がりなので、先輩のいうことなど信用しなかった。自分がいつまでも会社にいるとは思えなかったし、そもそも会社というものを信じていなかった。へそ曲がりは若いころから変わっていないのだ。

大学卒業後はフリーターになり、一年強をかけてアルバイトをかけもちし、いざというときのための貯金を始めていた。最初の一〇〇万円をジーンズの尻《しり》ポケットに押しこんでむかったさきは、近所の証券会社。生まれて初めての自分の取引口座を開いたのだった。ぼくの場合、就職よりも株の口座をもつほうが早かったのである。今思えば、なんと嫌みなフレッシュマンであることか。

だから、実のところ今の貯金好きな若者に文句はいえないのだった。終身雇用制はすでに壊れた。まじめに勤めあげれば自動的に昇給する年齢給のシステムも崩れた。それどころか年齢に関係なく、減俸とリストラの嵐が吹き荒れている。

たぶん昔の二〇代が貯金をしないのも、今の二〇代が貯金に熱心なのも、ただ経済合理性に適合しているだけなのだろう。未来の給与が確実にあがるなら、貯金の必要はない。上昇が期待できそうもないなら、今のうちに危機にそなえなければならない。案外人の行動など単純な理由に基づいているのだ。

そうはいっても、今きみががんばって貯金しているお金が、そのまま将来の財産の核になることはまずないだろう。二〇代にはさまざまなイベントが控えている。仕事もこの金融危機のもとではどんな嵐にのまれるかわからない。結婚や子育ても考えられるし、もしかすると、お金のかかる絶世の美女に出会って、すべてを浪費してしまうかもしれない。あるいは友人と会社を興したり、店を始めたりと夢がふくらむこともあるだろう。夢というのはふくらんだ分だけ、必ず経費がかかるものなのだ。

貯金はもちろん悪いことじゃないけれど、その金がただの道具で、いつかきちんと使用しなければ価値がないものだとも理解してほしい。せっかく遊びや食事を削って貯めこんだお金なのだから、願わくばなるべく有効な利用法を見つけてください。

ちなみに最初のぼくの一〇〇万円はバブル期にかけて、株式投資で五倍になった。そこである女の子と出会ったぼくは、横浜でたのしく同棲《どうせい》するうちに全部つかい果たしてしまったのである。そのことについては、今もまったく後悔していない。

（二〇〇九年四月）

安いは怖い!

昼のお弁当が二九八円、ジーンズが八八〇円、第三のビールはひと缶一〇〇円。このところ物価の下落はすさまじい。それどころか、とあるファストフード店では、期間限定でコーヒーが〇円だという。究極の安値はついに底を打って、タダまで登場したのだ。日本は今や完全にデフレ経済に突入している。

確かにこの一〇年間で平均所得は年間マイナス一〇〇万円というから、安い商品は誰だってうれしいだろう。昔のように安かろう悪かろうではなく、格安商品のクオリティは比較にならないくらい向上している。ユニクロもニトリもつぎつぎと価格破壊を繰り返すことで、圧倒的に売上を伸ばしているのだ。

一消費者としてはいいものが安ければ、満足度は高い。けれど、これが一国の経済ということになると、話はまた別になる。慢性的な需要不足で、価格競争が激しくなり、物価は下落していく。企業は手っ取り早くコストを抑えるために、従業員の給料を下げ、リストラをおこなう。勤労者は同時に消費者でもあるから、みな将来が不安になってものがさらに売れなくなっていく。結局のところバカ安経済は、ごく少数の勝者と無数の瀕死《ひんし》の企業を生む。それは同時に失業者と年収二〇〇万円の非正規社員を激増させることになる。安いからうれしいどころか、安いから未来がなくなるのだ。個々の消費者は一見トクするようだが、実際にはバカ安はダメ安経済なのである。恐ろしいことに、デフレを治す特効薬はない。

若い世代を見ていると、なにより消費に対するあこがれがなくなっているようだ。草食男子は女性にだけでなく、ライフスタイル全般に欲望が薄いのである。高性能なスポーツカー、スイス製の機械式腕時計、ブランドもののスーツ、シャンパンやワインつきのディナー、海外の高級リゾート。ならべて書いてみると、なんだかどれもバカみたいだけど、こうしたムダで見栄《みえ》っ張《ば》りで、エコの時代には流行遅れの消費が、意外にも景気の牽引車《けんいんしゃ》なのである。人はちょっと背伸びしたときに、一番お金をつかうものだ。きっとみんなもあのときは失敗したという思い出があるだろう。でも、そのはずかしい背伸びが、ニッポン国の経済にはいい薬だったのである。

去年の秋のリーマンショックから一年。デパートの売上は毎月前年比を割りこみ、海外の高級ブランドは青息吐息。看板をださずに、こっそりと値引きをおこなう店も数多い。どれも仕立てのいいスーツを着たハンサムなドアマンが控えているようなハイブランドの路面店である。

別にぼくは誰もが背伸びをして、無理やり似あわない高級品をもつ必要はないと思う。でも、消費やライフスタイルには、あこがれが絶対に必要だ。いつかあんなふうになりたい、あんな生きかたをしてみたい。そういう理想の暮らしへのあこがれまで殺してしまったら、預金額がいくら増えても幸福にはなれないと思うのだ。

この不景気で、贅沢《ぜいたく》は敵だ、昼食代も削らなければという人も無数にいるだろう。けれど、毎日がんばって働いているのだ。自分へのごほうびとして、一点豪華主義でいいから、なにか贅沢をしてみよう。スポーツカーの代わりに、エコカーや高性能の自転車。海外リゾートの代わりに、国内のおしゃれな露天風呂つき温泉。手が届くところにあるちょっといい贅沢は、デフレ下の企業努力により急速に増えている。財布のひもを締めてばかりでは、明日への活力も生まれない。ほんの一滴のあこがれが、生きるよろこびになり、経済を活性化させる。銀行預金はいいけれど、みんなちょっとは楽しいムダづかいをしよう。

（二〇〇九年一〇月）

ニッポンのあたりまえ

春は卒業と別れのシーズン。

このページを読んでいるみんなのなかにも、転勤や転職でつぎのステップに移る人は多いことだろう。自分から望んで新しい仕事にむかう人もいれば、会社からの辞令で不本意なスタートを切らねばならない人もいるはずだ。

仕事というのは理不尽なもので、こちらの事情などかまってはくれない。会社に正社員として守られることは、それだけの覚悟と犠牲を払う必要がある。しかも、一昨年の金融危機以来、労働環境は悪くなるばかり。人を消耗品のようにあつかって恥じない会社が多くなったことを、ぼくのような自由業でさえ切々と感じるようになった。劣悪な労働環境のなか、リストラでひとりあたりの業務は増えているのに、給料は逆にじりじりとさがっていく。

三五歳の年収が一〇年まえよりも二〇〇万円も低くなったときいて、ぼくは唖然《あぜん》としてしまった。九七年は最大のボリュームゾーンが五〇〇万円台なのに、〇七年には三五歳でも三〇〇万円台が最多だという。いくらデフレで物価が安くなっているとはいえ、その給料ではたとえ正社員でも結婚出産は遠い夢になってしまうだろう。

うーん、ニッポンという国はいったいどうしてしまったのか。今朝《けさ》のニュースでは大甘の利用予測に基づいて建設された茨城空港のオープンが伝えられている。初年度から赤字間違いなしのこの地方空港には、二〇〇億円を超える巨費が投じられたそうだ。もちろん毎年生まれる赤字には、ぼくたちの税金が流しこまれる。

なにかとんでもない不平等がぼくたちの社会で発生しているのではないか。それもシステムとしてがっちりと社会のなかに組みこまれているため、それ自体が聖域と化して独自の生命をもつインバランスが、日本社会に悪性腫瘍《しゅよう》のように巣くっているのだ。このガンは自分が生き延びるためなら宿主である社会が滅んでも別にかまわないと、勝手な自己増殖を続けている。

国の借金が八〇〇兆円もあるのなら、とりあえず新規の空港や道路や港湾の建設は手控えておこう。若者の給料が生活に困るほど低下しているなら、中高年の分をすこし削って、若者に割りもどしてやろう。思うに現在の日本が直面している最大の問題は、少子化だ。子ども手当てもいいけれど、なにより効果的なのは、直接若者の給料を増やしてやることだ。ただで国からもらうよりも、自分で稼いだ金のほうがずっとつかいでがあるのは論をまたない。

これは誰が考えても、あたりまえのまっとうな結論にすぎないはずだ。無駄をはぶいて、足りないところにまわす。ぼくたちはその「あたりまえ」が実現すると思って、政権交代を求め、新しい政府の門出を祝ったのではなかったか。

ぼくはハナから政治は清潔なものではないと考えている。政治と金の問題など、いつまでも綺麗事《きれいごと》をいって騒いでいてもしかたない。それよりもあたりまえの無駄づかいのカットとあたりまえの少子化対策に本気で取り組んでもらいたい。数十年も昔の核もちこみの密約など暴いても、まるで意味のないスタンドプレーにすぎない。日本の未来にとって、なんのプラスももたらさないのだから。

歴史を振り返ると、日本はぎりぎりまで追いこまれると劇的に変化する傾向がある。これだけの閉塞感《へいそくかん》でも、まだぼくたちが目を覚ますことはないのだろうか。ぼくのような楽天家さえ、ときにニッポン丸がタイタニック号に思えることがある。
その劇的変化がカタストロフでないことを祈っている。

（二〇一〇年三月）

Ⅲ

政治、希望をつくりだす仕事

二年連続でこの国の総理大臣が、職を道なかばで投げだした。ぼくには理由がよくわからない。世にいわれているように先手を打って総裁選にもちこみ、民主党の勢いを削《そ》ぐという馬鹿《ばか》らしいほどうしろむきの瑣末《さまつ》な理由であれば、もう論評に値しない低次元の話であると思うだけだ。

首相の辞任は二年連続で、自民党の総裁選は三年連続だという。だったらこれからは、総裁も総理大臣も一年だけと任期を決めてしまえばどうだろう。不良債権のようにたまっている総裁候補・大臣候補がきれいに在庫処分できて、便利なことこのうえないだろう。それで総理総裁を務めたら、いつまでもご意見番などと現役に執着しないで、さっさと政界を引退してもらいたい。ほかにもっと有為《ゆうい》の次世代が控えているのだから。

ぼくはこのごろの政治家は、ぜんぜん仕事をしていないと思う。それは法案をつくったり、国会で審議したり、決議したりという代議士のルーティンの仕事についてではない。それよりももっと大切な、政治家としての根源にかかわる部分で仕事をしていないのだ。

一〇年で国民すべての所得を倍にするとか、日本列島を全部造り変えるとか、積極的で明快なイメージを国民に広く訴えかけることを怠っているのだ。日本という国の明日の希望をつくりだす仕事をしていない。それこそ今も昔も、政治のもっとも大切な仕事であるはずだ。もちろん所得倍増計画にも列島改造論にも、あれこれと賛否はあったことだろう。だが、すくなくともそれは国民全体への前むきなメッセージだったのは確かである。

今回の総裁選では、主な相違点は経済政策の細部でしかない。経済成長によって財政赤字を解決する上げ潮派か、増税やむなしとする財政再建派か。経済を立て直した先に、日本という国がなにを目指すのかという明確なメッセージはまるで伝わってこないのである。

確かに池田《いけだ》勇人《はやと》首相が活躍した六〇年代と現在では、時代が違うだろう。のぼり坂の希望とくだり坂の憂鬱《ゆううつ》では、時代の空気は正反対である。けれども、その時代に一番足りないものを見つけだし、それを多くの人に示し、新しい目標を設定するのが、政治本来の仕事ではないだろうか。六〇年代よりもはるかに豊かな今、所得よりも圧倒的に足りないのは希望である。

細かな法律に関しては役人がしっかっている。経済については民間企業に優秀な経営者がいる。国民の多くはとても勤勉で、きちんと国の背骨を支えてくれる。それなら政治家は本来の仕事である国全体のグランドデザインを描くことに必死でなければならない。財政や年金の話もいいけれど、その先がききたいのである。明日のぼくたちの生きる道を、情熱をもって見せてほしいのだ。

この五年間を振り返っても、政治の最大の争点は役所の一部門にすぎない郵政民営化程度の、いわば中規模のイッシューにすぎなかった。八〇〇兆円に迫る借金は膨大だ。けれども借金の話ばかりでは、国民は元気になれない。子どもたちが大人になるのはたのしそうだとわくわくできる社会、カップルが子どもをもつのは悪くないと思える社会、働く人が少々税金があがってもよろこんで払える社会。そういう社会への道を示してもらいたい。

どんな問題にもそこそこの知識があって、評論家のように他人事《ひとごと》の解説を冷静にできる政治家など、ぼくたちは求めていない。すべての情熱と人間力をもって、なにもないところから明日の希望をつくりだせる。そういう人に政治をまかせてみたいのだ。自民・民主の若い政治家に、ぼくは期待している。今から全力で明日の希望を探してください。

（二〇〇八年九月）

不安から希望へのチェンジ

第四五回の衆議院選挙は、民主党の圧勝に終わった。改選まえと比べて、民主は一九三増の三〇八議席。自民は一八一減の一一九議席。民主党は単独で三分の二に近い議席を占めることになった。圧倒的な形での政権交代である。小選挙区比例代表制の怖さと危うさが、はっきりとあらわれた結果になった。

新たに議員になった面々を見ていくと、いくつかの傾向に気がつく。まず自民党の大量落選で、世襲議員が四〇人以上も減った。小沢《おざわ》チルドレンに女性候補が多かったので、女性議員は逆に一一人増えた。これはどちらも歓迎すべき傾向だ。さらに民主党の議員を見ると、圧倒的に当選二回以下の新人が多く、年齢的にも三〇代四〇代が主力になっている。経験不足を心配する声もあるけれど、ぼくはさして問題ないのではないかと思っている。

責任力をスローガンにした自民党が、それほど優秀な人材ばかりだったわけではないだろう。人の力量を引きだすのはポストなのだ。サントリーの創業者ではないけれど、「やってみなはれ」である。きちんと権限と役割を与えれば、きっとだいじょうぶ。政権運営をサポートするために、さまざまな制度や法律があり、政策の実行集団としての優秀な官僚システムがあるのだ。

民主党は選挙を通じて、政権交代と官僚政治からの脱却を訴えていた。霞《かすみ》が関《せき》のお偉いさんにはさぞおもしろくなかっただろうが、もう一野党ではなく政権党になったのだ。官僚のみなさんは散々悪口をいわれた悔しい気もちを呑《の》みこんで、ここは心機一転、誠実に民主党に仕えてもらいたい。現在の日本社会では官僚がもっともノートリアス（悪名高い！）だけれど、その汚名をそそぐいい機会だ。底意地の悪い抵抗や不服従を示すようなら、この選挙の自民党と同じように、奈落《ならく》の底まで国民の支持を失うことになるだろう。これからしばらくは衆議院選挙はない。覚悟して誰を向いて仕事をするのか、考えてもらいたい。

さて、その民主党に望むことである。

ぼくは以前、政治の仕事は「希望をつくりだす」ことだと、このコラムで書いた。

日本に生まれてよかった。この国の未来は明るい。子どもたちはきっと自分たちよりいい暮らしができる。この国で年をとるのは悪くない。国民のあいだに、そうしたまえむきで希望に満ちた空気が生まれたら、ぼくたちが直面している細かな政治的難問の数々は、自然に解消していくだろう。

若いカップルが子どもを産むようになれば少子化が防げる。年金と医療がしっかりすれば、老人たちがもつ一〇〇〇兆円を超える個人資産が動きだす。結婚する恋人たちが増え、子どもがつぎつぎと生まれ、老人がお金をつかいだすと、社会にも経済にも巨大なインパクトを与えることになる。

現在は残念ながら、この矢印がすべて内むきで、マイナス方向に働いている。いくら内需拡大を叫んでも、将来に不安しかないのでは、誰も消費などしないのだ。未来への不安を希望に変えること。民主党政権がとりくむべき最大の仕事は、そこにこそある。

選挙をすませたぼくたちは、これからしっかりと政府の仕事を見ていかなければいけない。選びっ放しではダメなのだ。せっかく選んだ代議士を、ぼくたちのためにきちんと働かせなければ、年に二〇〇〇万円以上もの高額な歳費を払う理由がない。

それから、最後にひと言。現在の日本のＧＤＰは九六年のころとほぼ変わらない。この国で生きているぼくたちみんなが、それぞれの場所で、もっと仕事をがんばろう。一三年まえと同じ豊かさで足踏みなんて悔しいじゃないか。この社会をすこしでもいいものにして、つぎの世代に渡していく。それは政治家だけでなく、ぼくたちみんなにまかされた仕事だ。

（二〇〇九年九月）

ニッポン政治漂流記

日本の政治が漂流している。

鳴りものいりの政権交代から四カ月、ぼくたちが民主党にかけた夢はつぎつぎとしぼんでいくようだ。決断できない総理に、やたらとえばる幹事長（会見で「憲法を読んでいるのかね？」と記者を威圧する姿は、あの人物の臆病《おくびょう》さ・小心さをよくあらわしていた）。小泉《こいずみ》チルドレンと変わらない素直なだけの新人議員たち。3K（基地と景気と献金）問題に揺さぶられ、新政権がどこにむかって舵《かじ》とりするのか、まったく予想もつかない。

このあいだ人為的なミスも多かった。どう考えても天下りとしかいえない日本郵政のトップ人事は、自民党より保守的な外様《とざま》の大臣に総理が押し切られたものだ。何兆円削れるかと国民が固唾《かたず》をのんでいた事業仕分けは、たった七〇〇〇億円弱という淋《さび》しい結果に終わった。大統領に「信用して、すべてまかせろ」と大見得《おおみえ》を切った基地問題は、こじれにこじれている（逃げるわけにはいかないので、ぼくも自分の態度を表明しておく。沖縄には気の毒だけど、北朝鮮有事と膨張する中国の軍事力を背景にすると、海兵隊の基地が日本には不可欠だ。県外移転は現実的な選択とは思えない）。

そのうえ検察対幹事長の因縁の闘いまで勃発《ぼっぱつ》したのだから、すでに政治には場外乱闘の気配まで漂っている。ぼくは検察はこれまでも何度か国策捜査と見られてもしかたのない極端な権力の行使をしたことがあったと考える。今回の小沢氏の土地購入資金の問題は、政治資金規正法という法律上の正義と、難局にあるこの国の政権運営という大義のバランスを計ったうえで動くべきだった。検察はやりすぎたし、どこに矛を収めるのか、今後苦悩することになるのではないか。

対する自民党は、すでに二大政党制の看板を自らおろしてしまったようだ。空気の抜けた風船のようにしわしわになって、薄ぼんやりと浮きもせず沈みもせずに漂っている。いつの時代もなにかが生まれ変わる最大のチャンスは、手痛い敗北のときだ。それなのに自民党はその唯一のチャンスを生かせなかった。鳩山《はとやま》首相をうわまわる魅力的な若手を党首にすえて、反転攻勢にかけるべきだったのに、長老の覚えはいいが、国民からは支持を得ていない人物をトップに選んでしまった。去年の衆議院選挙のころから変わっていないのだけれど、自民党の内部には危機感がないのだろうか。超長期政権は生存の危機さえ感じられなくなるほど、組織を鈍感にするのかと、ちょっとあきれてしまうのだ。

ぼくたちはまだ政治に期待をかけているけれど、このままではメッキがはげるのも時間の問題である。民主党も自民党もあいそをつかされ、国民の不満が最高潮に達したとき、カリスマ的な演説力をもった極右の政治家が登場する。ぼくが思い描く最悪の日本政治のシミュレーションは、歴史のどこかで見た悪夢によく似ている。この悪い夢から覚めて、まだ六〇年とすこししかたっていないことを、ぼくたちは心に刻んでおかなければならない。

政治は漂流中でも、さすがに現場で働く日本人は勤勉で優秀である。アメリカの景気回復と中国の高度成長の果実を摘《つ》みながら、経済はわずかずつだが回復軌道にのっている。年明けの日経平均株価は意外なほどの力強さで上昇しているのだ。株価は半年先の景気を映す鏡だといわれるけれど、夏には日本の景気もかなり勢いを増しているのではないだろうか。

漂流する政治は、この国の新たなカントリーリスクだ。政治家のみなさん、くやしかったら嵐《あらし》の海でニッポン丸をきちんと操船して見せてほしい。ぼくたち国民は胸がすくような舵とりをずっと待っている。

（二〇一〇年一月）

※そして漂流の行き着く先は、民主党の自爆のような政権交代とアベノミクスである。壮大でちょっと無茶な経済実験の成否はまだわからない。成功を祈ります。

首相バッシング

回転ドアだと、海外のメディアは伝えている。

一年ほどたって、ドアがくるりと一回転すると、日本では新しい総理大臣が登場するからだ。政権交代を果たし民主党に代わっても、カレンダーのように一年で首相をつかい捨てにする政治習慣は変わらなかった。

もちろん、ぼくだってこの悪癖について政治家にいいたいことがたくさんある。でも、今回のコラムの主役は、政治家たちではなく、選挙のたびに律儀《りちぎ》に彼らに投票するぼくたちニッポン国民なのだ。

あらためて、なにが、いいたいのか？

そろそろ政治家を「神さま」あつかいするのはやめようといいたいのだ。

政治家に金銭的に清潔であるとか、道徳的に優《すぐ》れているとか、知的に抜きんでているとか、そういう意味のない完璧《かんぺき》さを求めるのを、そろそろやめませんか。

人のうえに立つ者に、むやみに完璧さを求めるのは、東アジア全般に広がる封建時代の思想だ。ぼくたちはいまだに「水戸黄門《みとこうもん》」を心のなかで求めているのである。知情意ともに優れた哲人君主を理想としているのだ。

けれど、そういう為政者観というのは、もう決定的に古い。いまだにその考えにしがみついているのは、北朝鮮くらいのものだ。あの国では首領さまは決して間違いを犯さないと信じられている。その結果がどういう政治体制を生むのか、ぼくたちも考え直したほうがいい。一党独裁の中国でさえ、文化大革命の毛沢東《もうたくとう》については公式に批判している。

ひとつの国が大混乱期に陥って大改革をしなければならないとき、そういう乱世には豪腕だったり、傑物だったりと大物政治家が必要なことだろう。近くでは明治維新や敗戦後はそういう時代だ。

けれど、今の日本はそんな時代ではまったくない。国家の危機をあおるメディアもあるけれど、実際には危機というより不振という程度でしかない。最大の国難が、不景気や借金返済といったスケールでしかないのだから。

豊かだけれど、ちょっと憂鬱な時代（それが経済成長を終えた成熟国のあたりまえの姿だ）に求められる政治家は、やるべきことを淡々とこなす実務家で十分だ。加えて情報化が極端にすすんでしまっているので、選挙民にきちんと政策の説明ができれば、それでもういうことはない。

ぼくは以前どこかで鶏の話を読んだ覚えがある。鶏舎のなかで血を流している一羽がいると、周囲が寄ってたかって突《つつ》き殺してしまうという。恐ろしいことに、そのとき飛び散った血を浴びた別な一羽もまた襲撃されるそうだ。累々《るいるい》と横たわる鶏の屍《しかばね》は、五〇人以上の総理大臣を空き缶のように放り投げてきた日本の政治の風景に似ていないだろうか。

思えばイタリアの首相はモデル志望の女の子の誕生日に駆けつけたし、フランスの大統領は隠し子が発覚した。アメリカでも大統領がホワイトハウスで不倫をしている。日本でなら、どのケースでも無理やり辞任を迫られたことだろう。

完璧な総理大臣を求め、誰《だれ》も超えられない高いハードルを押しつけ、すこしでも意にそわないと突き倒す。その手の幼い態度は、もうやめよう。ぼくはたまにパーティやスタジオで政治家と顔をあわせることがある。みなちょっとエキセントリックで、エネルギー過剰だけれど、普通の人だった。だいたい漢字が読めないくらい政治をするうえで、なんの問題もないのだ。

総理大臣になにを求めるのか、それを考え直すのは、ぼくたち自身の成熟につながるのだ。自分ができないことを人に求めない。それが大人の態度というものである。

（二〇一〇年六月）

「R75」医療制度

後期高齢者医療制度は、さんざんの悪評だった。とくにいつもながらお役所的なネーミングが大問題で、政府はとうとう長寿医療制度という、あたりさわりのない意味不明の名称に変更したのだとか。ネーミングの無神経さはともかく、ぼくは七五歳以上の老人だけを別立てにした医療制度を評価していた。

なぜか？

日本では七五歳以上の高齢者の医療費が急激な勢いで上昇していて、このままでは世界に誇る皆保険制度自体を維持することさえむずかしいからだ。日本の国民医療費は約三三兆円。そのうち七五歳以上の医療費は三分の一のほぼ一〇兆円！　ひとりあたりにすると年間八三万円。六五歳未満の年間一六万円の、ほぼ五倍である。しかも「後期」高齢者はこれからとんでもない上昇カーブを描いて増えていくのである。

　これでは宮崎県の知事ではないけれど、誰だって「どげんかせんといかん」と思うことだろう。だから七五歳以上の高齢者の医療制度を切り離して、もうすこし負担をお願いする。新しい医療制度は冷静に考えてみたら、ごくあたりまえの政策にすぎない。

　もちろんぼくだって、病気で悩むお年寄りは助けてあげたい。貧しくて病院にもいけない人を放っておくのは心が痛む。でも、財政の資金には絶対的な限度があるのだ。

　厚生労働省と政府のアナウンスもよくなかった。ここまで述べたような事情を正直に説明すればよかったのだ。七五歳以上の高齢者の医療費負担はすこしあがるかもしれない。でも、それはつぎの世代の負担を軽くすることにつながるし、医療保険制度の維持には欠かせないお金なのです。ご協力をお願いします。なぜ、それだけのことがいえなかったのだろう。

　無神経なネーミングを変更した現在でも、政府はほとんどの高齢者の保険料はさがると公式にアナウンスしている。それではなんのための別立て医療制度なのか、意味がわからないではないか。結果的に医療費をふくらませるだけなのだから。

この件についてはマスコミにも多くの問題があったとぼくは思う。制度の発足時、主にとりあげられたのは、ネーミング問題と年金だけで暮らす貧しい高齢者の不満ばかりだった。

「これからは病院にもいけない」

「このままでは生活できない」

「年金生活者は病気になるな、なったら死ねということか」

物価高の日本で年金だけで生活するのは、確かにたいへんな苦労があることだろう。だが、日本の高齢者は貧しい人ばかりではない。世界でも有数の豊かさで、現役世代より資産でも貯蓄でもはるかに厚みをもっている。

マスコミはいつものように庶民の振りを装い、視聴者読者の受けだけを狙《ねら》った。貧しい庶民対負担増を求める無慈悲なお上《かみ》という単純このうえない図式を描いてしまったのだ。新医療制度本来の目的は見事にすりかえられ、危機的な状況のなかでさえ、医療費負担をさげる自暴自棄な制度に変更せざるを得なくなったのだ。

健康保険だけでなく、厚生年金でも非正規雇用でも消費税アップでも、すべてのツケはいつかつぎの世代にまわってくる。自分の三倍も年をとった高齢者の対岸の火事にすぎないとぼんやり眺めるのではなく、そろそろ自分たちの問題だとみんなもきちんと考えたほうがいい。高齢者はあれこれ若者に注文をつけるのだから、ときには若い世代から「R75」へも意見をいうべきなのだ。やさしくて、ものわかりがいいばかりの若者なんてつまらないではないか。

それにしても、ものごとの本質というのがなぜ、これほど隠されなければいけないのか。道路財源なんかも、闇《やみ》のまた闇のなかだからなあ。

（二〇〇八年七月）

真の大国までの開会式

ただ今、北京《ペキン》オリンピックの六日目。ぼくは昼のあいだずっとテレビをつけっ放しにして、オリンピック観戦をしている。注目の日本代表は、なかなかの活躍中。北島康介《きたじまこうすけ》は一〇〇と二〇〇の平泳ぎで、内柴正人《うちしばまさと》は柔道男子六六キロ級で、谷本歩実《たにもとあゆみ》は柔道女子六三キロ級で、二回目の金メダルを獲得した。なぜか今回は二度目にツキがあるみたい。そうなると前回優勝の女子マラソン野口《のぐち》みずきの欠場はつくづく痛いなあ。

あとめぼしいところでは、男子サッカーが実力どおりの予選敗退、体操の男子団体総合は堂々の銀メダル。三回目の金を狙った谷亮子《たにりょうこ》は残念ながら銅に終わった。「R25」世代に保証してもいいけれど、四年に一度のオリンピックは年をとるごとにどんどんおもしろくなってくる。

自分の身体《からだ》が動かなくなると、極限まで鍛えあげられたアスリートの魔法のような運動能力が魅力的に見えてくるのだろう。勝っても負けてもいい。誰かが自分のすべてを犠牲にしてスポーツでしのぎを削る。ひとりひとりの競技者が抱えるストーリーに思いをはせる。肉体で表現される爆発的なよろこびや悲しみに打たれる。オリンピックは、退屈な夏休み最高のエンターテインメントである。

まだ全日程の三分の一ほど終了しただけだが、これまでのところ今回のオリンピック最大の見せ場は、やはりあの豪勢な開会式だったと思う。

メイン会場の鳥の巣はスイスの建築家の設計だという。偉大さや力強さとは対照的な、ポストモダニズムの軽やかさが印象的な好スタジアムだ。そこでおこなわれた開会式は、ものすごく見事ではあったけれど、軽やかさや機知とは無縁のものだった。

中国が発明したテクノロジー、火薬や紙や印刷術や羅針盤を讃《たた》えるのはいいだろう。だがその方法が依然として集団主義のマスゲームでしかないのに、ぼくはがっかりしてしまった。きっと恐ろしいほどの猛練習を重ねたことだろう。動きもタイミングもぴたりと同期して、無数の人間が演舞しているというより、ひとつの色鮮やかな生命体のようだった。あれだけの数の男女が登場して、みな整った顔立ちなうえ、ほとんど背の高さが同じだったことには、感心するよりかすかな恐怖を感じたのは、ぼくだけだろうか。

開会式は個人よりも集団が重んじられる東アジア的な発想に貫かれていた。ほんの四、五回まえのオリンピックの入場行進を思いだしてみてほしい。あのころの日本選手団は、軍隊のように列がそろいすぎて、表情もなく不気味だと世界から評されていた。それが今回日本代表はたのしげに手や小旗を振りながら、列もいい感じに崩して入場していた。おとなりの新興大国に個々人の内面から湧《わ》きでてくるたのしさの自由な表現を求めるのは、まだ時期尚早だったのかもしれない。

これまで夏季オリンピックがアジアで開かれたのはたった三回しかない。日本が四四年まえ、韓国が二〇年まえ、そして二〇〇八年の中国である。どの国も国威発揚と先進国の仲間いりを宣言するセレモニーとして、オリンピックを利用してきた。その方法は決定的に古くさく、前世紀風だといわざるを得ない。

あの開会式で、中国が自分たちのおかれた立場をユーモアをもって表現することができたら、もっとおおきな感動を世界中に贈ることができただろう。チベット問題でも、格差社会でも、共産党独裁でもいい。自分たちの抱える問題点をほんのわずかでも認識した出しものがあれば、ぼくの評価はぐんと好意的になったことだろう。大国であるということは、ただ経済や人口が巨大なだけではなく、自分自身の欠点や問題を認める余裕をもつことでもある。中国が真の大国になるときを、隣国日本のぼくたちも友人として腕を広げて待ちたいと思う。

（二〇〇八年八月）

オリンピックと格差

さて今回もまた引き続き、北京オリンピックの話。前半は北島康介が、後半はなんといっても女子ソフトボールが日本全国を盛りあげてくれた。二連戦の翌日に格上のアメリカと決勝戦を闘い、最後でなんとかうっちゃり、世界の頂点に立つ。この勝ちかたが日本人のつぼにはまって、圧倒的な反響を呼んだのである。巨大戦力を誇る相手に、精神力とチームワークできわどく勝つというのが、ぼくたちの一番好きなストーリーだからだ。

だが、この勝ちかたは残念ながら王道ではない。何回かに一度しか起こせない運に頼った方法だ。考えてみると野球では、前回のＷＢＣで女子ソフトと同じ奇跡的な優勝を遂《と》げてしまった。確率的にまた奇跡が再現され、金メダルがとれるというのは、甘すぎた予測であったというしかないだろう。実力ではキューバに、勝利にかける思いでは、メダルをとれば二年間の兵役を免除される韓国に負けていた。四位というのは順当な結果ではないだろうか。年俸総額四〇億円のプロ集団が銅メダル決定戦で、２Ａクラスのアメリカ相手にモチベーションが保てなかったのは責められない。

ぼくの場合、オリンピック後半でもっとも印象に残ったのは、またも閉会式だった。マスゲームで太鼓をたたきながら、フィールドの中央に卵の黄身に似た円形のステージがつくられる。その部分がせりあがって、五重の塔のような白い骨組みが建ちあがったときに痛感したのだ。

やはりあれほど広大な領土と一三億人の国民をまとめるのは、容易なことではないのだなあ。あの塔が絶対権力の塔に見えたのである。中国では日本とは比較にならないほど強力な中央集権制が敷かれていて、権力への傾斜はヒマラヤ山脈と同様に険しい。

見事なマスゲームを眺めながら、ぼくがぼんやり考えていたのは、格差と差異の違いについてだった。中国はグローバリズムの波にうまくのり、素晴らしい経済発展を遂げた。去年香港《ホンコン》にいったときには、地上八〇階九〇階建てのビルが建売住宅でもつくるように、あちこちに簡単に建てられているのでびっくりした。

　もちろんどんなものにも光と影がある。世界の富が中国に流れこんだのと同様に、日本には発展途上国の貧しさが逆流してきた。製造業の現場では国際競争力を保つためコストが削られ、非正規雇用の問題が発生してしまった。グローバル化はブルドーザーのようにやってきて、すべてを世界標準に切り下げたり、切り上げたりしていく。大企業の経営者たちはイージーにつかい捨ての非正規社員を導入し、自分たちの給与だけ引き上げたのだ。

　北京オリンピックのセレモニーで、ぼくは誰もが精密機械のように同調するマスゲームを不気味に感じた。ひとりひとりの人間は違っている。差異があるのはあたりまえだ。だからすべての人が同じように考え行動するという「差異なき世界」には、違和感を覚えざるを得ない。

　だが、差異は同時に能力や経験や知性の差をふくむ。そこから生まれるのは、残念ながら格差なのだ。「みんなちがって、みんないい」（ⓒ金子《かねこ》みすゞ）の世界を守りながら、どうやったら非人間的なほどの格差を解消していけるのか。つぎはロンドンだと大騒ぎする淋しい閉会式を見つめながら、ぼくが考えていたのはそのことだった。

上海《シャンハイ》の株式市場は去年の秋をピークに六割の暴落を演じ、北京でも上海でも香港でも不動産市況は最悪の状況に近いという。ロシアは平和の祭典の最中《さなか》グルジアに軍事侵攻した。世界がスポーツに熱中しているあいだにも、世界の問題は山積していく。地球の未来を応援するとき、単純に自分の国の旗を振っているだけではすまされない時代になったのである。

（二〇〇八年九月）

嵐の経済天気予報

新聞の経済面を開いて、呆然《ぼうぜん》としてしまった。二月の国内新車販売は三割以上の減少。百貨店売上高は一割減。海のむこうのアメリカでは、新車は四割も前年比でマーケットが縮小しているうえ、大手保険会社ＡＩＧが〇八年度の一年間で、なんと九兆円を超える歴史的赤字を計上したのだとか。

株式市場も日本では去年一〇月のバブル後最安値にほぼならび、ニューヨーク市場は一二年ぶりの安値でダウ平均は六〇〇〇ドル台に下落してしまった。とくにＮＹはこの先有効な下値抵抗線が見当たらないので、このまま三〇〇〇ドル台もあるのではという究極の弱気論もでているくらい。これでは落下傘をつけずにスカイダイビングをしているようなものだ。いつクラッシュするのかわからない究極のフリーフォール状態である。

ぼくは作家デビューして一〇年すこしだけれど、株と為替《かわせ》に関してはアマチュアの投資家として三〇年近くウォッチを続けている。いつもこのコラムでは、まえむきな未来予想をしているのだが、今回は手加減なしで正直な経済観測にチャレンジしてみよう。黒石田衣良の登場である。飛び切り辛口なので、ご注意ください。みんな新聞やテレビで経済学者や政治家のいうことを鵜《う》呑《の》みにしてはいけない。みなそれぞれの立場があるし、いえないことが山のようにあるのだからね。

さて、日本の政治にはまったく期待できない。これは最初の大前提。仮に政権交代が起きても、経済運営は大差ないだろう。財政の余力が限られているのだからあたりまえだ。給付金や公共事業、環境投資など経済対策の効果は限定的で、ほぼ空振りに終わる。年金だって老人が増えて若者が減るのだから、給付を遅くして減額するしか手はない。年金生活者の不安は解消されず、個人資産一五〇〇兆円は銀行預金に塩漬け。宝のもち腐れになるだろう。

去年までの好況の原動力は、なにも日本国政府ではない。いつもながら輸出企業ががんばったおかげである（あとは外国からの投資）。すると今回の大不況を脱出するのも、輸出の復活を待つしかないことになる。人口減少国では内需を飛躍的に拡大するなど不可能に近いからだ。

日本は世界貿易の最大の受益者である。世界同時不況とはいえ鍵《かぎ》をにぎるのはアメリカと中国だ。EUは残念ながら域内貿易に活路を見いだし内むきに閉じていくのではないだろうか。このうち中国は減速したとはいえ、まだ経済成長を持続している。共産党一党支配の資本主義という巨大な矛盾は抱えているが、成長余力は十分。こちらのほうは心配ないだろう。

問題はアメリカだ。オバマ大統領が打ちだした経済対策は八〇兆円近い膨大な額である。爆風一発で国民の沈みがちな悪い空気（これこそ不景気の素！）を吹き飛ばそうとしたのだ。だが今回の金融危機の主役のひとつゴールドマン・サックスが推計するサブプライムローン関連の損失はアバウトで二〇〇兆円である。一〇年まえの日本と同じで実体経済の悪化に応じて、不良債権はさらに積みあがっていく。そうなるとオバマノミクスも焼け石に水。いくら世界一のアメリカ経済でも、二〇〇兆円を超える損失を処理するのは困難だろう。任期いっぱいでもけりがつくかどうか怪しいものだ。

さて、そこで結論である。アジアへの輸出でなんとか息をつきながら、アメリカの復活を待つ。日本のありがちなシナリオは結局のところ戦後六〇年間やってきたこととまったく変わらない。これからの数年間は、個人も企業も嵐を耐えて生き延びるしかないのだ。この結論とは別のベストシナリオもあるのだけれど、それはまた別の機会に。では、みんなの健闘を祈る！

（二〇〇九年三月）

市場は悪か？

二〇〇八年の一〇月だけで世界中から失われた富は何千兆円になるのだろうか。アメリカの不動産バブル崩壊によって発生した金融危機の津波が世界をのみこんでいる。考えてみると、年収二万〜三万ドルの平均的なアメリカ市民にほぼ無審査でローンを組み、足りない分は将来家を売った際の値あがり益で埋めようなどというのは、とんでもなく甘い見とおしだ。サブプライムローンは日本でいえば、年収二〇〇万円台の非正規雇用フリーターに銀行が住宅ローンを無責任に押し売りするようなものだったのである。

しかも、そこで生まれたリスクは証券化というマジックで、広く薄く全世界の金融機関にばらまかれてしまった。バブル崩壊の怖さをしっていた日本では損害が軽いけれど、欧米のほとんどの金融機関は致命的なダメージを受けたのである。株式市場の暴落が連日トップニュースになるなんて、三〇年近く市場を見続けているぼくにも初めての経験だった。

深刻な表情のニュースキャスターはいう。世界のマネーゲームに日本の実体経済まで影響を受けるとは、断じて許しがたい。こつこつと働いて、モノづくりをする。労働こそ尊いのだ。市場はギャンブルで、市場は悪だ。

おやおやとテレビのまえで、ぼくは考えることになる。半分は同意できるが、半分は反対だ。また日本人の潔癖症と嫉妬《しっと》が前面にでてきたな。バブル期に、ときの日銀総裁はいった。バブルの泡はひと粒たりとも見逃さない。多くの人は名奉行《ぶぎょう》のような台詞《せりふ》に拍手喝采《はくしゅかっさい》したけれど、その結果金融は過度の貧血状態に陥り、日本はデフレ不況で、きたる一〇年を失った。

今回の暴落も視点を変えると、別な展開がでてくる。東京市場の六～七割を占める外国人投資家は現金を手元に残すためパニックになって売り浴びせている。ニューヨーク市場のミラー相場の所以《ゆえん》だ。けれども日本の金融機関にはサブプライム危機の損害は軽微で、失われた一〇年でどの企業も筋肉質の高収益構造に変化している。内部留保も以前とは比較にならないほど厚い。

しかも、ドル・ユーロどころか世界中の通貨に対して円は値あがりを続けている。世界が円を最終的な待避所に選んでいるのだ。現在の日経平均株価では、企業の資産価値よりも一株あたりの価格のほうが安いくらいである。圧倒的な割安感だ。海外から見れば、為替の差益と値あがり益を二重に狙える絶好の状況なのだ。

どれほど下げている相場でも、いつかは上昇する。株式や商品市場から現金化されたいき場のない巨額の資金が世界中で滞留している。一度火がつけば、東京市場の有利さに円と同じように世界の注目が集まると、ぼくは考えている。今はどん底だけれど、東京市場の未来は（それがいつのことになるかわからないけれど）明るいのだ。

多くの日本人は、株式市場は金もちだけのもの、政治家や相場師だけが、うしろ暗い情報を元にくい散らすダーティなものというイメージをもっているかもしれない。けれども、世界の株式を動かす力は、たとえば企業や公務員の年金基金のように、ひとりひとり普通の人たちの資力の集合なのだ。

パソコンでも自動車でもミサイルでもいい。人類は一度手にした便利な技術を手放したことはない。株式市場も今回のように失敗することがあるけれど、非常に精《せい》緻《ち》に設計された人類の財産である。資本主義になくてはならない華である。恐れているだけでなく、世界の経済システムのなかで、ぼくたちが日々つかうお金がどんなふうに流れていくのか、株式市場とはなんなのか、一〇〇年に一度といわれる今回の危機のなかで、きちんと学んでおくのは、きっと誰にとっても有益なことだろう。

（二〇〇八年一〇月）

Ⅳ

雑誌のチカラ

「雑誌がたいへんらしい」

ぼくは出版界で仕事をしているので、編集者からそんな話を何度もきいていた。「月刊現代」「KING」「ロードショー」「PLAYBOY日本版」「週刊ヤングサンデー」「論座《ろんざ》」……。「R25」の読者になじみのある男性誌だけでも、これだけの数が今年休刊を決めているのだ。もちろん女性誌も同じくらいの数が消えている。もう雑誌の世界は非常事態といってもいいだろう。

最盛期にくらべて、雑誌の売上は全体で二〇パーセントも落ちこんでいる。部数が低迷しているところに、不景気で広告収入が減り、用紙代と原油の高騰《こうとう》で製作と流通のコストが跳ねあがる。さらにネットには無料の情報があふれて、読者の関心はお手軽にそちらの方向に流れてしまう。雑誌は三重苦どころか、四重苦、五重苦の状態なのだ。

　思えば、ぼくの学生時代は雑誌の全盛期だった。マガジンハウスの「ＰＯＰＥＹＥ」創刊が七六年。ぼくは当時一六歳で、カリフォルニアで流行《はや》っているテニスやサーフィンやファッション情報に胸を躍らせたものだ。大学では勘違いしてテニスサークルにはいったのだから、いかに影響力が強かったかわかってもらえると思う。日本の消費文化をこれだけ盛りあげた原因のひとつが、雑誌の元気にあったというのは、誰《だれ》もがうなずくことだろう。人気雑誌でとりあげれば、あっという間に新たな流行が生まれた時代だ。

　今年休刊になる「ＰＬＡＹＢＯＹ日本版」の創刊号は七五年五月に登場した。現在では想像もできないと思うけれど、この創刊は一大イベントだった。四五万部刷られた第一号は三時間で売り切れたという伝説が残っているくらい。ぼくも発売当日、近所の本屋を自転車で三軒まわって、最後になんとか手にいれることができた思い出がある。もちろんお目当ては金髪のプレイメイトのヌードだったけれど、今考えると執筆陣も実に豪華だった。ノーマン・メイラー、生島治郎《いくしまじろう》、柴田錬三郎《しばたれんざぶろう》、吉行淳之介《よしゆきじゅんのすけ》。申し分のない大人のラインナップである。

雑誌は、その時代になにが起きているかを理解するためのもっとも有効なレーダーで、なにが流行っているかをしるための最高のショーウインドウだった。それがどんなジャンルの雑誌でも、一〇代のぼくは夢中になって読んだものである。いい雑誌なら、いくら興味のない世界の専門誌でも、すくなくとも三つはこれはいつか必ず役に立つという情報や考えかたにふれることができた。

ネットとデフレの時代になって、若者の生きかたが変わったのは確かなことだ。だから、ぼくも簡単に今の若者は、と決めつけないようにしようと思っている。だが、それでも「R25」の読者にはいいたいのだ。そんなに簡単に雑誌を手放してしまって、ほんとうにいいのかな。雑誌にはネットや友人からは得られない、もっと豊かで雑多な種類の情報が詰まっているはずなのだ。

ぼくは雑誌の編集者を何人もしっている。みなたいへんに優秀で、実によく働いている。毎週毎月おもしろい企画を立て、いい記事にしようと、全力で取材やコーディネートに駆けまわっているのだ。どんな雑誌でも、到底数百円では手にはいらない情報やセンスが満載だ。隅から隅まで読むのなら、雑誌ほど安くて、コストパフォーマンスの高い読みものはない。

本を読もうという運動は、すでにあちこちで盛んになっている。でも、本だけではやはり十分ではない。雑誌のもつ速報性と分析力のバランス、高度な専門性、そしてあの華やかさや流行発信能力。どれもほかのメディアでは得がたい雑誌特有の力である。本屋の店先から、あのカラフルな雑誌の表紙たちが消えていくのが、あなたも残念だと思いませんか。

さあ、みんなで雑誌を読もう！

（二〇〇八年一〇月）

週に一冊、ワンコイン

「出版業界は不況に強い」と昔からいわれてきた。不景気になれば、みな金のかかる外出やレジャーを控えて、自宅で本を読む。本はほかの娯楽に比べ、割安でたっぷりたのしめるのだ。確かに二時間一八〇〇円というロードショーよりも、書籍のほうがコストパフォーマンスは高いかもしれない。単行本一冊の値段はさして変わらないが、きちんと読むには速い人でも三～四時間はかかる。

けれど、今回の大不況でそんな出版神話も、がらがらと崩れてしまった。最近、書店のスタンドで雑誌を手にとり、あれっ？　っと驚くことはないだろうか。ひどく手ごたえが頼りないのだ。一時期に比べ雑誌が極端に薄くなっている。なかには全盛期の三分の一くらいになっているものもある。実感としては電話帳から学習ノートにでもなったくらいのページ数激減だ。

もちろん記事の分量は変わらないので、減っているのは広告なのである。雑誌の収入の柱は通常の販売利益と広告料金なので、不景気で売上が落ち、さらに広告が減るとダブルパンチで利益は削られていく。最近は休刊のニュースもめずらしくないけれど、刷るたびに赤字になる雑誌が数えるのも恐ろしいくらい増え、なんとか発刊を続けているのだ。

日本の大手出版社の柱は、主に三本である。雑誌、コミック、文芸がエースだ。ところが雑誌に続く、稼ぎ頭のコミックも冬の時代になってしまった。某少年週刊コミック誌が毎週六〇〇万部も刷ったと話題になった黄金時代は遥《はる》か昔。いまやどのコミック誌も当時の半分以下に数字を落としている。マンガを読むという習慣が子どもたちのあいだで継承されず、読者が新規参入してくれない。うえの世代が大人になっても読み続けてくれるので、なんとかコミックの世界が支えられている現状だ。

コミックの主戦場である少年誌がそんな状態だから、無数にある青年誌はどこもぎりぎりの状態が続いている。世界に冠たる日本のＭＡＮＧＡがゆるやかに地盤沈下を起こしている。そのうち公的な助成金を考えてもいいかもしれない。なにせ、この分野だけが海外からきちんと経常黒字を稼ぎだしているのだから。

　さて、ぼくが籍をおいているのは、三本柱の最後、文芸の世界である。残念ながら文芸は、ビッグネームではあるけれど、故障がちなガラスのエースというところ。雑誌・コミックに比べると、利益への貢献度はわずかなもの。だが、きらりと光る数字もある。全盛期に比べるとほかの分野が三割程度の厳しい落ちこみなのに、文芸だけは一割弱としぶとく粘っているのだ。

　それでも、将来はどうなるかわからない。先日ある新人賞の選考会で、書店員の人と話したけれど、金融危機以降店頭への来客が一五パーセントは落ちているという。単価の高い四六判の単行本の売行もぱったりととまってしまった。今年はぼく自身も、相当の覚悟をしなければならなくなるかもしれない。

　ふう、駆け足で日本の出版界の状況をまとめてみたけれど、明るいニュースはほとんど見つからなかった。だけど、いつまでも暗い顔をしていてもしかたない。そこで、ぼくからの提案です。みんなも財布の中身が厳しいだろうから、無理して単行本を買ってとはいいません。でも、一冊五〇〇円くらいの文庫本なら、手がだせるでしょう。

出版社各社の文庫には、名作快作がいっぱい。世界の思想哲学といった古典から始まって、血湧《わ》き肉躍る冒険や切ない恋愛や濃厚なエロス満載の現代小説まで勢ぞろい。週に一冊、ワンコインの文庫本を買って、この世界金融危機を知的に優雅にのり切ってください。

（二〇〇九年二月）

ヴィヴァ、自転車！

夏休みに猛練習して、今年八歳になる長女が自転車にのれるようになった。わが家の近所にある旧山手通り《きゅうやまてどお》の幅広の遊歩道を、あの炎暑のなか子どもの背中を押して何十往復もしたのである。いやあ、人の親というのは、どえらくしんどいものだ。

一〇歳の長男は数年まえから自転車にのっているので、これで子どもたちと三人、自転車で移動できることになった。代官山《だいかんやま》のプールや世田谷《せたがや》公園なんかにサイクリングしたら、たのしいかもしれないなあ。そこで、ぼくもほとんど三〇年ぶりに自転車を買うことにしたのだ。

サイクルショップをのぞいて、びっくりしてしまった。自転車は素晴らしく進化していたのである。『4TEEN《フォーティーン》』を読んだ人なら想像がつくと思うけど、ぼくは自転車が大好きだった。高校時代は満員バスにのるのが嫌で、プジョーのロードレーサーをこづかいをためて買い、片道で三〇分以上はかかる距離を通学していた。下り坂では五〇キロ近いスピードで路線バスを追い抜き、夏の雨の日はびしょびしょになっても鼻歌をうたいながら通ったものだ。けれど大人になり都心に住むようになって、いつのまにか自転車とごぶさたしてしまった。

久しぶりのサイクルショップの店頭には、さまざまな種類の自転車がならんでいた。ロードレーサー、ピストバイク、マウンテンバイク、モトクロス用自転車、クロスバイク、折りたたみ自転車に、コンパクトバイク。どれもがカラフルで、デザインは愛らしい。その店で一番高価なイタリア製ロードレーサーなどは、一台八〇万円もする。

かつての自転車大好き少年も、もうさすがに競技用の自転車にのるのはしんどかった。乗車姿勢が厳しいと、自転車というのはのらなくなってしまうものだ。あれこれとくらべて、ロードレーサーとマウンテンバイクの中間、クロスバイクに決めたのである。二四段変速で、ギアチェンジはハンドルバーをにぎったまま可能なグリップシフト。七〇〇Cのタイヤはロードレーサーなみにスリムだが、ハンドルはラクチンな姿勢のとれるマウンテンバイクと同じストレート型。しかも片手で楽にもち運びができる重さで、フレームは軽量頑丈なアルミニウムだ。

この自転車がなんと五万円くらいなのだから驚いてしまう。自転車は性能が画期的に進歩しているのに、価格は逆に安くなっているのだ。ガソリン価格が急騰して自動車が売れなくなり、自転車市場は絶好調という。でも、これだけ性能がよくなっていれば、それも当然と納得の出来だった。

新しい自転車を買った帰り道、子どもふたりといっしょに世田谷公園まで足を延ばしてみた。秋の風は乾いて肌に心地よく、目黒川沿いのソメイヨシノの木漏れ日がまだらにアスファルトを染めている。ギアを重くすると、自動車の制限速度さえ超えてしまいそうだ。自分の足の筋力だけで、風を切って走るこの爽快感《そうかいかん》。久しく忘れていた感覚がよみがえってきた。

公園でミネラルウォーターをのんでから、子どもたちといっしょにゆっくりと園内の周回コースを走った。これもまた実に気もちがいい。一周一キロ強のコースなので、自転車ならすぐに四〜五周はできてしまう。なぜ、こんなにいいものから離れてしまったのだろうと、調子よく反省したほどだった。

その後も、プラチナ通り、三軒茶屋《さんげんぢゃや》、原宿、恵比寿《えびす》と子連れで足を延ばし、短いサイクリングにでかけている。

このごろは自転車とはごぶさたというそこのあなた、ほんとうに現在の自転車は素晴らしいのだ。ジョギングはしんどいけど、サイクリングは身体《からだ》も楽だし、景色も変わって退屈もしない。ぜひぜひ自転車にトライしてみよう。人類の偉大な発明のベストスリーにはいる名作だ。ヴィヴァ、自転車！

（二〇〇八年一〇月）

火を見る午後

このところぼくのエッセイも、暗い話題ばかり続いていた。今回は軽くたのしくいってみよう。とはいえ、この時代だから、あまりお金がかかるものは感心しない。さて、一円もかけずに大人が何時間も遊べるようなことがあるだろうか。

考えてみたら、ちゃんとあったのだ。それも去年の秋からマイブームで、締切明けなど時間にゆとりがあるときには、子どもたちに声をかけてよくでかけていた。途中のスーパーで、サツマイモなんかを買いこんで、自転車のかごにいれていったりしてね。

勘のいい人なら、もう気づいているでしょうが、ぼくが三〇年ぶりにはまっているのは、なんと「焚《た》き火」なのだった。うちからサイクリングで一五分ほどのところに、公立の公園がある。この公園は都心にしてはめずらしいほどの広さで、野球場やテニスコートやＳＬの線路なんかもあるのだけれど、なんといっても子どもたちの遊び場が素晴らしい。

最近は危険防止のために、遊びをつぎつぎと禁止にしている公園が多い。木登りはダメ、ローラースケートはダメ、自転車ののりいれはダメ。当然子ども同士の焚き火なんかはもってのほか。けれど、そこは違うのだ。

ボランティアで大人の監視員（これは嫌な言葉だね、その公園ではプレーリーダーという）が常駐していて、ひと声かければ、木登りだって焚き火だって自由にできる。ケヤキの大木の四メートルほどの高さには、物見台が組んであるし、木と木のあいだはロープで結ばれ、わたれるようになっている。少々の怪我《けが》くらいなんだ、自分で注意しながら自由に遊ぼう。そういう大切な気もちが生きているのだ。

焚き火をするときには、まずこぶし大の石を運んで炉を組む。そこに資材小屋のなかから、廃材（自由につかっていい！）をもってきて、薪《たきぎ》を積むのだけれど、ここで腕の差がでる。こちらは当然なれたもの。一番したに枯れ葉を敷き、細かな木っ端や小枝をテントのように重ね、そのうえに薪を空気がよくとおるように組んでいく。ネイティブ・アメリカンのテントみたいにできたら上出来だ。あとは枯れ葉に火をつけるだけ。風がなければ、マッチ一本で焚き火は起こせる。

ぼくが子どものころは、東京でも割と自由に焚き火ができた。家のとなりの空き地で、ドラム缶のなかに燃えるゴミや木材を投げこんで、よく焚き火をしたのである。子どもたちは初めて手にする鉈《なた》や斧《おの》に興奮している。自由にさせると意外と危険なつかいかたはしないものだ。刃の重みから危険を察知して、きっと慎重になるのだろう。これこそ生きた勉強だ。

ぼくはそれから一時間ほど、薪の燃え具合を按配《あんばい》しながら、火を見ることになる。晴れた冬空のした、踊るように揺れるオレンジの炎を眺めながらすごす時間というのは、ほかのどんなに贅沢《ぜいたく》な時間とも交換したくないひとときだ。

きれいに薪が燃えると炭だけが真っ赤になって残る。ここでサツマイモの登場だ。アルミホイルで包んだイモを炭のなかにごろりと放りこんで二〇〜三〇分。皮はぱりぱりに焼けて、いい焦げ色がつき、中身はスイートポテトのようにとろとろの焼きイモができあがる。

とてもわが家だけではたべきれないので、まわりで焚き火をたのしんでいる人たちに分けるのだ。その広場では多いときには、一〇近くの炎があがっている。確かに不景気で仕事では厳しいことがあるかもしれない。けれど、日々の生活のなかにちいさなたのしみを探しておくことは、苦しい時代を生き延びる有効な知恵である。あなたもどこかで焚き火を試してみませんか？

寒い季節に炎の色ほど人の心を癒《いや》すものはない。

（二〇〇九年一月）

※このコラムがでたあと、公園は大混雑だったと、プレーリーダーにいわれた。すみません、ここでは公園の名は伏せるようにしておきます。でも、ここはほんとうにいい公園なので、わかる人はぜひ大切に遊んでください。

日曜日のラーメン

このまえの日曜日、家族がみんな出払って、うちでひとりぼっちになってしまった。時刻は昼すぎだけれど、別に食欲もない。仕事のほうは、この春ばたばたと連載が五本終了して、ようやくひと息ついたところ。しんどかったけど、よくがんばったなあ。誰もほめてくれないので、自分で自分を適当にほめておいた。要するに静かな春の日曜日、ぼくはなーんにもやることがなくなったのだ。

冷蔵庫をのぞくと牛乳が残りわずか。毎朝カフェオレをのまないと目が覚めないので、これは補充しておかなければならない。じゃあ、ちょっとコンビニでもいってみるか。わが家から九〇秒の交差点の角の店へ、サンダルばきででかけたのである。

かごに牛乳をいれて陳列棚のあいだをぶらぶら歩いていると、最下段の隅に袋いりのインスタントラーメンがおいてあった。なぜかその瞬間、棚が光り輝いているように見えた。袋いりの即席ラーメンなんて、ずいぶん久しぶりに発見した気がするなあ。現金なことに急に腹も空《す》いてきた。よし、今日の昼はラーメンにしよう。あまりのなつかしさに、すぐに見慣れた袋に手を伸ばしたのだった。

ぼくの生家は東京下町でスーパーをやっていて、両親は仕事で毎日いそがしかった。小学校も高学年になると、外遊びもハードになるし、夕食まで待てないくらい激しい空腹に襲われる。そんなときよくインスタントラーメンをたべていたのだ。ラーメンをつくるのが、ぼくは単純に好きだった。自分のおやつにするときはもちろん、姉や妹がたべたいというと代わりにつくらせてもらうくらいである。といっても別にむずかしいレシピなどない。きちんと量って湯を沸かし、袋に記載されている時間の三〇～四〇秒まえに火をとめて、スープの素《もと》をいれるだけだ。麺《めん》がゆですぎになるのだけは避けなければいけない。火のまえを離れることは決してできない。ぐつぐつと沸いた湯のなかで、麺が躍るのを見ているほんの数分間が、小学生のぼくは大好きだった。

その後カップ麺が登場して市場を奪い、袋いり即席麺は棚の隅に追いやられてしまった。鍋《なべ》で煮こむという最低限の調理さえ、やはりみな面倒になったのだろう。コンビニでもカップ麵はこれでもかと数十種そろっているのに、袋いりはたった一種類だけだった。幸いなことにそれはぼくが好きな銘柄だったのである。

家に帰ってさっそく、小鍋に湯を沸かした。さすがにインスタントラーメンだけでは気が引けるので、麵といっしょに春キャベツをたっぷりと手でちぎっていれた。ついでだから、刻んだネギとすりおろしたニンニクを薬味に投入。まだ麵が硬い二分後に火をとめ、黒コショウをがりがりやって、ゴマ油をひとたらし。これで完成である。

丼《どんぶり》なんてあとで洗うのがめんどくさいから、熱々のラーメンを小鍋から直接いただく。いやあ、久しぶりのインスタントラーメンはうまいなあ。味は昔とぜんぜん変わっていない。なつかしくて、おいしくて、なんだかひとりでにこにこしてしまう。

世にラーメン好きは無数にいて、みなそれぞれ好みの味をもっている。ぼくも数々のラーメンをたべたけれど、日曜日のインスタントは生涯のベスト5にはいる名作だった。読者のみんなはまだ若いから、ぎとぎと背脂のとんこつ味なんかが得意かもしれないが、ぼくはもう無理。即席麺のあっさり醤油《しょうゆ》味《あじ》で十分である。

打ちあわせや接待でずいぶんたくさんの名店に足を運んだけれど、それでもやっぱり思い出の味はおいしいものだ。どんな高価なご馳走《ちそう》よりも、即席麺に感動するなんて、ぼくの舌はほんとうに安あがりだ。

（二〇〇九年五月）

一〇〇年まえの電子素子

そこはとある出版社の地下一階にある一室。窓はなく、壁にも天井にも音を整えるための凹凸《おうとつ》が刻まれている。つかい始めて四〇年にもなるという歴史あるオーディオ試聴室だ。ぼくの座る椅子《いす》のまえには、ふたつのスピーカーと四種類のアンプがおいてある。アンプはすでに何時間もまえから灯をいれて、ウォームアップをすませてある。

とある男性誌のオーディオ特集で、真空管アンプとソリッドステートアンプのきき比べに招かれたのである。いつものことながら、締切を抱えて身動きがとれない状態だったけれど、そんなにたのしい仕事に呼ばれたら、無理してでもスケジュールを空けざるを得ないではないか。

ちなみに「R25」の読者は真空管をご存じだろうか。およそ一〇〇年ばかり昔に発明された電流電圧を増幅したり、整流したりするための素子である。ナスのような形をした透明なガラスチューブを古いＳＦ映画なんかできっと見たことがあると思う。

それにたいしてソリッドステートの半導体の歴史は半分の約五〇年。真空管に比べて、耐久性も高く、消費電力もすくなく、圧倒的な小型化集積化が可能で、パソコンや携帯電話の心臓部に無数につかわれている。産業の米なんて呼び名をきいたことが、きっとあることだろう。

要するに、ソリッドステートのほうが新型で圧倒的に高性能。だったらきき比べるまでもないじゃないかと思うでしょう。ところが、こと音楽のような微妙なアートの世界では、この古いテクノロジーが独特のいい味をだすのである。

試聴曲は新しくリマスター盤がでたレッド・ツエッペリン「移民の歌」とぼくが選曲したＩＷＧＰクラシックＣＤから、ストラヴィンスキー「春の祭典」、それにジャズボーカルでジェイミー・カラム。同じＣＤをかけるのだから、たいした違いはないと思うでしょう。もちろん、ツェッペリンがディープパープルになることはない。でも、びっくりするほど、音の質感が変わるのだ。

ソリッドステート（ほとんどのコンポで採用）のほうは、細かな音までよく拾い、正確にCDに刻まれた音を表現するという印象。どこか冷静で、客観的な表現だ。それが真空管アンプになると、音の温度感ががらりと変わってしまう。さっきまでは高原の空気のようだったのが、南の島の熱風だ。真空管アンプで「移民の歌」がかかったとき、ぼくは思わず口を開けてしまった。最初のドラマーは、腕のいいスタジオミュージシャンにすぎない、こっちの熱くてどたどたやかましいほうがジョン・ボーナムに決まってるじゃないか。

ただ性能ではなく、人の感覚に訴える力で比べるなら、最新のデバイスと一世紀を生きてきた真空管は、意外といえるほどの好勝負をするのだった。もちろん真空管にも弱点はある。耐久性がない、安定度が低い、発熱がおおきく夏場はつらい……。

それでも、今回の試聴では日本製の真っ赤な真空管アンプをもって帰りたくてしかたなかった。しかも、ここだけの話、そのアンプはぼくがつかっているサブシステムのパワーアンプの三分の一以下の価格なのだ。あー、悩むなあ。

ぼくのオーディオセットは現代の最新技術を駆使して、正確に録音された現場の空気感を再現しようというハイテク&ハイエンド機器である。でも、あの熱さとダイナミズムを加えられたらいいなあと痛切に思った。
オーディオは大人のいい趣味です。ｉＰｏｄもいいけど、きちんと部屋の空気を揺らすコンポーネントで、音楽をきいてみよう。絶対、大好きな音楽のイメージが変わるから。ああ、困った。ぼくは今も真空管に迷っています。

（二〇〇八年四月）

※結局、その赤いアンプを注文しました。それどころか、今やメインシステムのプリアンプも、パワーアンプも真空管なのだ。試聴は怖い。

真空管ルネッサンス

最近はすっかり懐メロのCDばかり買うようになってしまった石田衣良です。こういうのはやはり年をとったというのだろうか。多感な高校大学のころにきいた音楽が、むやみに身に沁《し》みるのだ。冷たさを増してきた秋風のせいもあるのかな。

ちなみに当時ぼくがきいていたのは洋楽ばかり。イーグルス、ドゥービーブラザーズをはじめ、ウエストコーストロックは全盛期。「ホテル・カリフォルニア」は一六歳だった。東海岸にはブルース・スプリングスティーンがいて、英国にはクイーンやピーター・ガブリエルのジェネシスがいた。

盛んだったのはロックだけでなく、ヒットチャートはディスコ系のブラックミュージックが占拠していた。今きいてもかなり高度なテクニックと音楽性をもったバンドが多かったのだ。シックにアース・ウインド&ファイアーにコモドアーズ。

名前をあげるだけで、うれしくなってくる。

七〇年代後半なので、ストレートなジャズに勢いはなくなっていたけれど、その代わりフュージョンが登場して、やけにカッコよくきこえたものだ。

ラリー・カールトン、ボブ・ジェームス、ザ・クルセイダーズ……。大学のキャンパスの音楽好きは、みなプロデューサーとスタジオミュージシャンの顔ぶれで、LPレコードを選んでいた。

そうだ、あのころはみんなアナログ盤だったのだ。当然ぼくのオーディオセットもアナログプレーヤーが中心。カートリッジを替えたり、シェルのうえに一円玉をのせてみたり、スピーカーのしたに十円玉をはさんだり、音がよくなるという噂《うわさ》を、必死になってあれこれ試してみた。浴びるように音楽をきき、ありあまる時間のすべてをつかい、ごろごろしながら本を読む。学校の勉強などまったくしなかったけれど、あのころはレコードの題名ではないが、毎日が「楽園の囚人」のようだった。

当時とくらべると、ぼくがつかっているオーディオコンポーネントは数十倍も高価になった。それなのに、このところ音楽がぜんぜんつまらなくなっていたのだ。音の細部までよく表現されているし、ステレオイメージは広大で、いわゆるアメリカ流の最先端ハイエンドサウンドなのにである。

だんだんと新しいCDをきかなくなったある日、真空管アンプと出会ったのだ。迷った末に購入したその真空管アンプ（約一〇万円）をアルミニウムの塊《かたまり》のデジタルアンプ（約一五〇万円）とつなぎ替えてみた。

「なんじゃ、こりゃあ！」

松田優作《まつだゆうさく》ではないけれど、ぼくはひとりで大声をあげたのである。音が激変したのだ。サウンド全体の熱があがって、丸みを帯びている。音にガッツがあるし、曲のクライマックスでミュージシャンが力こぶをいれて演奏しているのが目に見えるようだ。五〇畳はあるぼくの部屋の空気全体が揺れ動くような底力があるのだ。低音は肺のなかの空気まで震わせてくれる。ちなみにデジタルアンプは片チャンネルで五〇〇W、真空管は四五Wと一〇分の一以下のパワーである。いやあ、人生なんでも数字じゃない。

考えてみると、ぼくの音楽の原点はモノラルのラジオカセットレコーダーだった。人の声を主にした中域はしっかりと明瞭《めいりよう》にきかせるけれど、高音も低音もあまりでていない。ノイズ混じりでも音楽にとって一番大切な帯域は熱くパワフルに再現してくれる。ぼくは元々そういう熱とガッツのあるいきいきした音が好きだったのだ。

というわけで、このところサイドテーブルに何十枚もＣＤを積みあげて、とっかえひっかえきいている。もう仕事がぜんぜん手につかないのである。たのしいから、まあ締切なんていいけどね。ちなみに今回のＢＧＭは元イーグルス、グレン・フライの「ソウル・サーチン」でした。

（二〇〇九年一一月）

ブルージーンズメモリー

初めてジーンズを買ったのは、中学二年生のときだった。それはもう歴史上の記憶といってもいい一九七〇年代なかばのことである。当時流行っていたベルボトムのジーンズを、色違いで二本購入したのである。自分で選んだジーンズをはいて、友達と街の名画座なんかに繰りだすのは、それは誇らしかったものだ。

なぜこんなことを急に思い出したかというと、ファッション誌の取材で、ぼくにとってジーンズとはどういう存在か質問されたからである。最初に出会ってから三〇年以上になるけれど、もうジーンズを抜きにして、ぼくの服装プランは成立しない。

なんといっても一年のほぼ九〇パーセントはジーンズをはいてすごしている。よほど改まった席でなければ、上下のそろったスーツはめったに着ない。もう五年もまえになるけれど、自分の直木賞授賞式のパーティでも、タキシードジャケットに白いシャツとブラックタイをしめて、パンツはブラックジーンズにしたくらいである。

染みをつけようが、ひざが抜けようが、その辺のアスファルトやコンクリートのうえに座ろうが、まったくだいじょうぶ。ばりばりはき倒して、傷がついたり、色が褪《あ》せたりしても、それがその一本にしかない味になる。ジーンズというのは、どこかぼくたちの人生に似ている。実際誰もがジーンズのように年をとれたら、この世界はどれほど素晴らしいことか。

といっても、それほど凝《こ》り性《しょう》ではないので、数十万円もするヴィンテージものなどに手をだすことはない。ああいうのは庶民のワークウエアとしての成り立ちを考えると邪道だと思う。その代わり最近世界中で続々と誕生している新進ブランドのジーンズから、お気にいりのものを選ぶことになる。コットンの素材、染色方法、カットに縫製、ダメージ加工の具合と、それこそひとつとして同じものがないのが、ジーンズのおもしろさだ。

正直いって、高価なスーツなどを買うよりも、ジーンズの試着のほうがずっと時間も手間もかかるし、神経をつかうものだ。ブランドによってサイズ感はまるで違うので、いつもの自分のサイズの上下一インチずつ三本のジーンズをもって試着室にはいる。もう三〇年もそんなことをしているから慣れているはずなのに、自分の身体にあったラインがきれいにでることは、二、三年に一度しかない。そうなると、同じブランドの同サイズのジーンズをまとめて買いこむことになる。最近では去年の秋にいい出会いがあって、そのとき買った三本を交替ではく日々なのだ。

「R25」の読者はまだ心配ないと思うけど、会社でスーツばかり着ていると、いつのまにかカジュアルな服装のセンスが鈍くなってしまうことがある。私服はゴルフウエアかスエットしかないというおじさんはたくさんいるのだ。そういう人にも、やはりジーンズをすすめておきたい。スーツのジャケットに柄もののシャツ、あとはジーンズをあわせるだけで、あっというまに趣味のいいカジュアルダウンができあがる。今のような初夏の季節なら、白いキャンバスのスニーカーでもはけば軽やかさと涼しさが足元から立ちのぼってくるだろう。

ファッション誌の取材では、ホテルのパーティ用、夜遊び用、自宅用という三パターンの着こなしをつくって撮影したのだけれど、やはり痛感しました。いつまでもジーンズをすっきりはきこなすためには、お腹《なか》がでてはいけないのだ。「R25」のダブルスコアに近づいてきたぼくには、なによりも節制が大切なのだった。でも、好きなジーンズのためなら、ダイエットだって平気なのだ。ジーンズの似あう老人になる。それは人生の最終目標として、そう悪くはないものだ。

（二〇〇八年七月）

V

草食男子進化論

「草食男子」という流行語ができる以前から、このコラムでは欲望の淡くなった新型男子についてとりあげてきた。三～四年まえから女子の恋愛相談が増えていたのだ。つきあっているのに、手もにぎらない。泊まりの温泉旅行にいっても、なにもないまま帰ってきてしまう。彼はわたしに魅力を感じていないのでしょうか。

そうした相談を受けるたびに、男性の欲望におおきな変化が起きているのではないかと、ぼくは気になっていた。現代の若者のメンタリティが誰《だれ》も気づかぬうちに質的な変容を起こしてしまったのではないか。もしかすると、長らく続いた不況による一時的な欲望のリセッションではなく、この国の恋愛や欲望の歴史上コペルニクス的転回が進行中なのではなかろうか（なんてね）。

簡単に草食男子を定義するとこうなる。家族を大切にし、地元の友人とのつながりが深く、海外旅行や自動車（とくにスポーツカー）への興味が薄く、まじめに働き、預貯金はしっかりと積みあげているのに、なぜか異性に対する興味や関心は薄く、恋愛やセックスには非常に消極的。こうして条件をならべると女性からすれば、申し分のない結婚相手だ。だが、草食男子はほとんど自分から狩りをすることなく、つきあい始めから恋愛・結婚・出産に至るすべてのプロセスで、主導権は女性にまかせきりである。しかもこの型の男子はぼくの見る限り日本全国で急速に増加中なのだ。

そこに発生したのが、今回の一〇〇年に一度の金融危機だった。メディアでは大恐慌という言葉はつかわないけれど、「一〇〇年に一度」という形容詞が平然と枕詞《まくらことば》につくというだけで、この事態が恐慌であることは誰でも納得するだろう。

進化の歴史を見ると、突然変異で生まれた新たな種が、激変した環境に適応し、新世界の覇者《はしゃ》となってきた。バブル世代の高エネルギー消費や恋愛セックスの過剰は、いってみれば白亜紀の恐竜のようなものだったのだろう。草食男子は巨大な恐竜の足元で震えながら生き延びたぼくたち哺乳類《ほにゅうるい》の先祖のネズミのような存在かもしれない。

残念ながら、この不況はまだまだ続くことだろう。世界が同時に沈んだので、どこか一国だけが浮きあがるのは困難なのだ。サブプライムローンでは傷の浅かった日本も、世界全体がふたたび元の成長コースに復帰するまで景気回復は望めそうもない。そうなると、低成長低所得、おまけに急激に貧困率の高まるこの国で、草食男子が選択した閉じた生きかたは、最良の生き残り策といってもいいかもしれない。恋愛や結婚をすることで、他人の分まで経済的なマイナスを背負いこむのは危険なのだ。嵐《あらし》の海を漂う救命ボートの定員は一名だ。

けれども、ここに問題がひとつ発生する。個々の男子が選んだ消極策によって、ますます未婚率は上昇し、少子化は進行する。個人はなんとか生き残れても、個の正しい選択が結局はこの社会全体の活力の急速な低下につうじてしまうのだ。ぼくたちが生きているうちに、日本の人口が五〇〇〇万人減少などという事態も、覚悟しておく必要があるかもしれない。

草食男子が低消費低エネルギーのサステイナブルな世界の主役になる日は近いと、ぼくは思う。願わくば、その世界でも新しい形の恋愛や欲望が生き残っていますように。恋愛小説を書く作家としては、生存には不要かもしれない甘ったるいあれやこれやが絶対に必要なのだ。それとも草食系のラブストーリーにチャレンジしてみようかな。主役の男女になにも起こらないとものすごく小説を書くのはむずかしくなるのだけれど……。

（二〇〇九年三月）

マイナス9イヤーズ

マイナス九年ときいて、ショックを受けてしまった。なにが九年も短いのか。四〇歳で未婚の男性の平均余命が、結婚している男性よりも約九年短いのだ。未婚の場合三〇・四二年で、既婚では三九・〇六年なのだとか(二〇〇八年、国立社会保障・人口問題研究所調べ)。

このところコンカツが話題になっているけれど、生きものとしてこれだけ寿命が変わるのでは、結婚が有用だと、誰でも認めざるを得ないだろう。単純にいえば結婚したほうが、生存条件が改善されるのだ。もちろん、なぜ独身だと早死にするのか、その理由ははっきりしていない。

予測されるのは、食生活が不安定で生活習慣病になりやすい。孤独な生活によって精神的なストレスが増える。家事の分だけ労働が増えるので、単純に肉体疲労も蓄積される。病気やリストラなど危機の際も、やはり家族のためというのは、生き残りの強力なモチベーションになるのだろう。

その証拠に男性未婚者の自殺率は、既婚者の二・五倍に跳ねあがるのだとか。とりあえず長生きしたければ、つべこべいわずに結婚でもしておく。サプリメントや定期的な運動や健康食品よりも、特定のパートナーといっしょに暮らすほうがヘルシーだというのは、なんだか愉快な話である。

こんなことをいうと、読者の誰かの声がきこえてきそうだ。結婚がうまくいけばいいけれど、仮面夫婦や家庭内別居のように悲惨な結末も無数にある。結婚しても三割は離婚するというし、熟年離婚などしたら、寿命は独身でいるよりずっと縮みそうだ。

いやはやごもっとも。自分で反論を書いていて、だんだん結婚しなくてもいいんじゃないかとつい思ってしまった。けれど、ここに重大な勘違いがある。

いいですか、若い男性諸君！

結婚はゴールではないのだ。結婚したからしあわせになれるわけでも、未来が保証されるわけでもない。それはただの制度で、生活習慣で、いつもふたりでいる癖にすぎない。

考えてみれば、昭和のなかばまでの日本は過半数がお見合い結婚だった。そこには当人同士の自由意志などなかったのである。よほどの事情がある場合以外は、見合いを断るのは失礼にあたったので、有無をいわずに結婚するのが当時の社会通念だった。

あれこれと条件をつけないで、手近な誰か（それは同時にあまりぱっとしない誰か）と、とりあえず結婚しておけばいい。本来結婚なんて、その程度のものにすぎなかったのだ。

それがロマンチックな恋愛結婚神話が輸入されて、結婚は一段むずかしくなり、最近は不況のせいで経済的困難が増し、結婚の難易度は最強になってしまった。でもね、世間なみとか周囲の目を気にしなければ、お金などなくても結婚はできるし、たのしく新婚生活だって送れるのだ。

ぼくたち日本人はとかくマイナス思考だから、行動に移るまえにすぐ問題点や欠点ばかりあげてしまう。反対に、メリットを考えてみよう。なにより好きな女の子とふたりだけの生活は、甘くてたのしい。しかも、女の子はきみの愚痴もきいてくれるし、しんどくなったきみをほめて勇気づけてもくれる。とも働きなら、経済的にもダブルインカムで高値安定するし、いざというとき妻に頼ることもできる。

それにベッドだって、結婚しているほうが素晴らしくなる可能性は高い。性的な相性は何年もかけて、おたがいの身体《からだ》の癖や性的なファンタジーを学びあうことで改善されていくのだ。

要するにたのしく長生きしたいなら、相手は適当でいいから、結婚くらいしてみたらと、おせっかいな親戚《しんせき》のおばさんのようにすすめているのだ。いやほんとうに結婚は悪くないよ。ぼくもチャンスがあれば、もう一度してもいいなと思うくらい。

（二〇〇九年六月）

コンカツ狂詩曲《ラプソディ》

そこは東京月島《つきしま》にある超高層マンションの二二階。窓のむこうには対岸の築地《つきじ》や銀座のビルが、筆立てのなかの鉛筆のようにとがって整然とならんでいた。広々としたリビングルームは、おしゃれなレストランのようで、壁には同系色のシックなドローイングが何点か飾られている。部屋の中央にはおおきなダイニングテーブル。その両側に三〇代の男女が三人ずつ、きちんと座っているのだ。

コンカツパーティの題名は「恋ワイン合コン」という。おいしいワインと素敵な料理をたのしみながら、パートナー探しをする主旨だ。ぼくはテレビ局の取材で、となりの部屋に設置されたモニターから、合コンの様子を観察している。いやあ、人の恋路をのぞき見るのは、なかなかおもしろいものです。

いったいどんな人が熱心にコンカツに励んでいるのだろうか。最初の興味は下世話なものだった。けれど、そこにいたのは男女ともに、ごく普通のいい感じの若者ばかり。きちんとおしゃれに気をつかい、かわいかったり、さわやかだったり、きりりと端正だったりする渋谷や原宿なんかでよく見かけるタイプだ。

会話だって、けっこうはずんでいるようだ。こういう会のせいか、つぎつぎと自己アピールのための時間が順番にまわってくる。みな自分の番にはにこやかかつ必死にセールスポイントを発表する。仕事のかたわらバンドをしています。料理を女性にサーブするのは得意です。バツイチですが、すぐにでも結婚したいです。男性陣はみな初対面で、普通の合コンのようにおたがいの失点をフォローし、アシストのパスをだすようなチームワークはないけれど、割といい雰囲気だ。

これなら案外すんなりと、コンカツというのはうまくいくんじゃないだろうか。今回の取材現場から、ひと組ふた組と結ばれる可能性だってある。お見合いパーティ終了後、主催者に放った最初の質問はそれだった。仕事のできるキャリアウーマン風の女性がいった。

「いいえ、きっと今日いらした六人の会員のかたは、また来月もここにくることになると思います」

びっくりしてしまった。相互の意思も利益も合致している。あんなにたのしそうだったし、このあとの二次会ではちゃんとメールアドレスの交換もするといっていたのに。

「それは、なぜなんですか」

「やはり男性の側に問題があることが多いです。きちんとメールして、何度か冷たくされてもへこたれずに、具体的にデートの提案をして動ける人。そういう人は最終的なゴールにたどりつきますが、だいたいの男性会員にはそれは困難なようです」

へえ、そうなんですかとぼく。主催者はやや淋《さび》しそうにいった。

「コンカツという言葉が流行語になって、みなさん気軽にうちのような会に参加してくれるようになった。それはビジネス的にはうれしいことですが、実際にはどこの会でもなかなか最終目的の結婚までいきつく可能性が低いのが現実なんです」

なるほどテレビドラマになり、あちこちの雑誌でこれほどとりあげられていても、そうは簡単にいかないのが結婚という難関なのだろう。このページはまた前回に続き結婚の話になってしまったが、あんなにおもしろい現場を踏んだら、つい書いてしまいたくなる。ご容赦ください。

それにしても、シューカツと同じでコンカツの道もまた厳しく、険しい。結婚だけでなく、人と人を結びつける力が社会全体で弱くなっているようだ。ぼくたちの未来にとって、決していい事態ではないけれど、容易な解決策は見つかりそうもない。やれやれ、コンカツパーティのあの笑顔はみなどこに消えてしまうのだろう。

（二〇〇九年七月）

恋をしなくなったのは……

ある新聞で以前アンケートのコラムをもっていた。読者に解決のつかない難題を問いかけて、その回答からぼくが勝手にイエスノーをつけるというお気楽な生活家庭面のコーナーだ。今度、その連載が『石田衣良の白黒つけます!!』という本にまとまることになったので、もう一度原稿をまとめて読み直していた。

記念すべき連載第一回は、「恋しなくなったのは男のせい？　女のせい？」という究極の質問だった。このページでも日本人の恋愛低体温症のことはよく書いてきたけれど、果たしてその理由はどちらの性にあるとみんなが考えているか、それがしりたかったのである。

アンケートの結果は実におもしろいものだった。一〇代と四〇代以降では、どちらのせいかはほぼ同等。男女の半々が自分たちも悪いけど、相手もダメだからという投票で、五〇パーセントくらいのきれいな痛み分けになった。

ところが、恋愛適齢期の二〇～三〇代ではおたがいに相手のほうを断然責めるのだった。「恋しなくなったのは男のせい」とこたえた女性は、なんと三分の二の六六パーセントにのぼったのである（ちなみに男性のほうも六割近く女性が悪いとこたえていた）。

メールで寄せられた意見も辛らつなものが多かった。真剣に恋するに値する男が減ってしまった。女性は進化したのに、男性は進化していない。わたしは恋したいのに、男性のほうの腰が引けてしまっている。こうなると同じ男性として、ぼくが先に謝ったほうがいい気がしてきたのだった。紙面にはそのときの気分で書いてしまった。

「とりあえず、すみません」

でもね、やっぱりそれはおかしいと思うのだ。自分たちのことは省みず相手のせいにばかりしていたのでは、新しい恋愛なんて始まるはずがない。若い男女はもっと相手のことを、やさしい目で見ることはできないのだろうか。「若」という字は、本来すくない、足りないという意味をもっている。だいたい可能性というのは、なにもっていない空っぽの器のことだ。ただ若いだけでたのしいはずなどないのである。これは「R25」の読者もみんな納得してくれるに違いない。

自分になにかが足りなかったら、やはり誰でも不安になることだろう。デートの経験やディナーにいくレストランや二軒目のバーの知識、それに肝心の財布の厚みや盛りあげるための話題なんかも、きっと足りないだろう（こういう点では汚れた中年にもそれなりのメリットはあるのです）。そこで、自分の不安や恐怖を相手に投影して、恋愛やデートの壁をいたずらに高くしてしまう。自分の男性としての価値を測る恐ろしいモンスターとして、女性を見るようになる。それではもう簡単に声をかけることさえむずかしくなってしまう。

この悪循環をなんとか断ち切らないと、事態は今のまま変わらない。最近よくきくのが「彼女いない歴○○年」という言葉だけれど、たいていの場合この○○には自分の年齢がそのままはいっている。それでは、しんどいよねえ。でも、誰にでも初めてのときはある。一度のり越えてしまえば、異性がそれほど高い壁ではないと、経験者はみなうなずいてくれるはずだ。いってみれば就職試験と同じである。

世のなかの恐ろしさを象徴する相手にいざ面接にでむいたら、案外気のいい先輩だったとか、頼りになる人物だったとか、そういう経験は誰にでもあることだ。相手を責めるまえに、自分の心の鎧《よろい》を脱いでみる。でも、これは若い男性だけでなく、女性もいっしょだなあ。敵を強く評価しすぎない。これ、一対一のゲームの鉄則です。

（二〇〇八年三月）

コンカツ時代

先日、神泉《しんせん》にあるチャイニーズ・レストランで、新刊『シューカツ！』の打ちあげが開かれた。この本は七人の大学三年生の一年間にわたる就職活動を描いた長《ちょう》篇《へん》なのだ。厳しいシューカツ戦線をなんとか勝ち抜いて、難関マスコミ業界への就職を目指す。挫折《ざせつ》あり、友情あり、成功ありと、爽《さわ》やかな青春小説である。まあ、気がむいたら本屋さんで手にとってください。

その円卓で、山椒《さんしょう》がぴりりと効いた本格派の麻婆豆腐《マーボーどうふ》をたべながら、ある編集者がいった。

「『シューカツ！』のつぎは、どうしますかねえ、石田さん」

ふふふ、新作の打ちあわせなんて、いつもこんなふうに素っ気ないものです。情熱に目を輝かせ、熱烈にまだ見ぬ次作への抱負を語るなんて、もう何年も昔からないのだ。ぼくも腹黒いベテランになったものです。すると女性編集者が箸《はし》をおいていった。

「やっぱりおしまいに『カツ！』がつくシリーズがいいんじゃないですか。つぎは絶対『コンカツ！』ですよ」

ふーん、なるほどねえ。確かにぼくの書く恋愛小説のラインには、女性読者が多い。その読者層にはぴたりとフィットするかもしれない。

「ああ、それはいいかもね。でも、みんなのまわりに実際コンカツをしている人っているの」

何人かの若手編集者が声をそろえた。

「もちろんです」

打ちあわせのときに編集者がすぐくいついてくるテーマというのは、まず間違いがない。これで次回作は『コンカツ！』に決定である。ほんとに安易ですね。でも、その場で話題になったコンカツをする二〇代、三〇代の女性の話がじつにおもしろかったのだ。

なかよしの数人で部屋を借りて共同生活を始め、ほぼ一年間週末のたびに合コンを開き続けたという鬼のような特訓とか、格安のお見合いサイトに登録して執念で結婚相手を見つけた三〇代なかばのOLとか、第三者には笑えるけれど、当人は悲喜こもごもで必死なのである。小説にとって素晴らしい設定だ。

「R25」世代の男子はまだみんなぼーっとしているし、遊びたい盛りだから、結婚の切実さなんてわからないかもしれない。でも男も女も一定の年齢をすぎると、ひとりで生きることのリスクが身に沁《し》みてくる。ある調査によると男性の場合、生涯独身の人の平均寿命は約九歳も既婚者より短いという。孤独に年を重ねていくのは、それだけで生物学的なストレスが発生する過酷な状況だ。

読者のみんなも、すこし年上のお姉さまから合コンに誘われたら、ぜひ参加しよう。正社員として働いていて、それなりのポジションにある四、五歳うえのキャリアレディなんて、つきあうにも結婚するにも抜群の条件だと思うのだけど、いかがでしょうか。

そんな話をしていると、すぐに経済的な問題で文句をいう人がいる。結婚はしたいけれど、非正規労働では雇用も不安定だし、収入もすくなくて、とても結婚なんてできない。それは確かに正論だ。今の時代によくないところがあるのは、ぼくも認めよう。でも、結局そういうのはいい訳にすぎないのではないか。

考えてみれば、ぼくたちの親世代はみな給料もすくなかったし、将来のことなどわからず夢中で働いていた。さらに何代かさかのぼれば、江戸の人も明治の人も、誰もが明日をもしれぬ人生を生き抜いてきたのだ。どんなに財力や健康や容姿に恵まれていても、つぎの日にどうなるかわからないのが、人間の命である。

ぼくは今、『コンカツ！』のために資料を集めているところ。おもしろい話があったらまた報告するので、みんなも自分のコンカツについて、ちょっと真剣に考えてください。


（二〇〇八年一一月）

※実際に書きあがった作品のタイトルは『コンカツ？』になった。やっぱりコンカツには、どこか滑稽だったり淋しかったりするところがありますよね。その気もちをこめた？マークです。

結婚のメリット

　とある昼さがり、女性誌の編集者と都心のカフェでお茶をしていた。ぼくはアイスラテ、彼女はハーブティ。最近体重が気になるので、ぼくたちはふたりともスイーツには手をださなかった。

　開いたままの窓から流れこむ秋の風が心地よかった。今年は絶対に涼しくならないのではないかという猛暑だったけれど、ことわざは真実だったのだ。暑さ寒さも彼岸まで。

「ところでさあ、読者のアンケートを読んで、みんなが一番不満に感じていることって、なんなの」

　ぼくはその雑誌にエッセイを連載している。いい素材がある月は快適至極だが、なにもないときのエッセイの締切はつらい。まあ、だいたいそういうときは自分でもおもしろくない気分で、世界中のトピックがなにひとつおもしろく感じられない。困ったものだ。

「またネタ探しですね、石田さん」

作家はサメのように貪欲《どんよく》で悲惨な生きものだ。二四時間海底を泳ぎ続け、新しい素材を探している。

「そう、来月のエッセイどうしようかと思って」

彼女はハーブティをのんで、カフェの外の緑に目をやった。最近なぜか出版社の女性編集者は美人が多い。まるでテレビ局の女子アナばりだ。なぜなんだろう。それで別に作家のモチベーションがあがるわけでもないのだけれど。

「メールで寄せられるお便りで、一番多いのはとにかく出会いがないってことです」

でた！　出会いがない。これは若い女性の口癖のようなもの。夏が暑い！　というしょである。今年は何回暑いといいましたか、みなさん。

「どういうことなのかな」

「仕事のいき帰りを毎日繰り返しているだけで、新しい人との出会いがない。休日に顔をあわせる面子《メンツ》も固定していて、素敵な男性と出会う機会がほんとうにないんだって、みんないいます。なんだか悲鳴みたいな感じで、つらそうなんです」

なるほど、それは恐ろしいことだろう。地方都市でがんばって働いている若い女性を想像してみる。仕事は代わりばえのしないルーティンワークで、胸ときめかす異性との出会いもないまま、じりじりと年を重ねていく。なんだか最近目のしたの肌に張りがなくなってきた。心なしかお尻《しり》も垂れてきたようだ。自分でもわかっているし十分つらい状況なのに、周囲はさっさと結婚しろと口やかましくいってくる。うーん、生き地獄だ。

「でもさ、昔だって出会いはすくなかったと思うよ」

「昔って、どれくらい昔ですか」

「出会いがないという読者が生まれたころ。たとえば三五年まえとか」

当時はようやく恋愛結婚の比率が見合い結婚をうわまわった時代だ。恋愛結婚というのは日本の社会では、比較的新しい習慣である。

「出会いがすくなかったのに、どうしてみんな結婚できたんですか」

「好きでもない人と結婚していたんじゃないかなあ。あのね、ぼくは結婚相手には、なにかひとつメリットがあれば、それでいいと思うんだ」

　彼女は未婚なので、こういう話にはくいついてくる。テーブルに身をのりだしていった。

「メリットってなんですか？」

「単純なものだよ。その人のことが好きでたまらないなら、それも自分でつくりだしたメリットのひとつ。あんまり好きでない相手でも、収入がよかったり、次男で親との同居を考えなくていいのなら、それもメリット」

　つまらなそうに彼女がいった。

「なんだ、そういうことですか」

「それはそうだよ。一九七〇年代のなかばは見合い結婚と恋愛結婚が拮抗《きっこう》していた。好きな人と結婚するか、さして好きではないけれど、そこそこの条件の人と結婚するか。そのどちらかが選べるようになっていたんだ。これなら、結婚もだいぶ気楽になるよね」

　ため息を吐《つ》くように彼女はいった。

「でも、今は全部のメリットがそろわなければ結婚できなくなっている」

「そうなんだ。すすんで恋愛できるぐらい魅力的な男性で、人に紹介しても恥ずかしくない社会的な地位もあって、経済的な条件もちゃんと満たし、できたら次男がいいなんていっていたら、確率的に考えただけでもたいへんなことになる。結婚がものすごく難関の資格試験みたいになってしまうよね。どれかひとつメリットを選んで、あとはえいやっ！　ってその男に賭《か》けてみるしかないと思うんだけどなあ。結婚したカップルの三分の一は、どうせ別れる時代なんだから」

彼女は淡いハーブティをひと口のんでいった。

「そのえいやっ！　がむずかしいんですよね。それになんだか夢がない話ですね。それじゃ、読者は読んでくれません」

うーん、困った。それじゃあ、出会いについて、引き続き考えなくてはいけない。ぼくはただの小説家で、お見合いパーティの主催者みたいに出会いのプロデュース業ではないんだけどなあ……。でも小説家ってなんでもやらなければいけない変な仕事なのだ。

いや、ほんとに困ったなあ。（この稿、続く）

（単行本書き下ろし）

出会い問題を考える

さて、その出会い問題である。

単純に考えると、出会いを増やすには、ふたつの方法しかないと、ぼくは思う。

まず最初はなんの努力もしなくていい方法だ。とりあえず、みなさんこちらから試してみたらいいのではないだろうか。今の日本の財政事情でいえば、歳入を増やすのではなく、予算を組み替えて余剰資金を生みだす方法に近いかもしれない。

今までにしりあった男性、それも眼中にないとばっさり切り捨てていた男性を、もう一度カウントし直すのだ。かんたんにいうと出会いの数え直しである。この人は背が低いとか、顔が好みじゃないとか、清潔感がないとか、仕事や収入が不安定とか、あれこれとダメだしをして、出会いにかぞえていなかった人が、誰にでもきっとたくさんいると思う。その人たちのなかに、きらりと光る意外な出会いの原石が埋もれているかもしれない。人の将来など誰にもわからない。ぼくだって昔はフリーターだったのだ。

うーん、理屈ではそうだけれど、実際にはそんな男性はめったにいません。全国の女性読者のため息がきこえてきそうだ。確かにそのとおりかもしれない。でも、結婚した友人にふたりだけのとき、こっそりと質問してみるといい。

「ダンナの第一印象はどうだった？」

友達の過半数はきっと声をひそめてこういうだろう。

「いや、別にあんまり好きなタイプじゃなくて、最初からこの人と結婚するなんて想像もしなかった」

まあ、出会いとか結婚なんて、その程度のものなのだ。たいへんだと思うから壁は高くなるし、自分の目より周囲の目を気にするから、不必要な条件にこだわってしまう。要するに、あなたはそこそこの女性（失礼！）で、相手だってそこそこの男性で十分なのである。

さて、もうひとつの出会いを増やす方法は自分から動くことだ。出会いがすくないと嘆く女性は、だいたい生活パターンを固定していることが多い。週末はいつもの女友達と遊び、職場に若い未婚の男性がいないところでは、それは出会いの可能性は極小になってしまう。

とある知人がいっていた。チャンスをつかむには、とにかく街にでろ。彼はなかなかのナンパ師で、若いころは駅の改札に張りつき、女性に片っ端から声をかけたというくらいである。ルックスはそこそこ、別にセンスがいいわけでも、裕福なわけでもなかった。でも、もてたのである。一日に一〇〇人の若い女性に声をかければ、なかには退屈している人も、失恋したばかりでむしゃくしゃしている人もいる。もちろん若い女性に駅前ナンパをすすめるつもりはないけれど、出会いの数を増やせば、必然的にチャンスの確率はあがるのだ。

男性がたくさんいる場所が狙《ねら》い目なのである。スポーツ観戦、ギャンブル、家電量販店なんかもいいかもしれない。とにかく若い独身男性がいる場所にこまめに顔をだす。これが大切だ。できればその世界に詳しいベテランといっしょにでかけ、その人の人脈を紹介してもらうといい。その手の場所には基本的に女性はすくないから、絶対にちやほやしてくれるはずだ。

けれど、いくら出会いがあっても、その点を線につなげていかなければ意味はない。ぼくの見たところ、わが大和《やまと》なでしこはサッカー日本代表のフォワードといっしょだ。ここぞというシュートチャンスで、しっかりと自分で決めずに横にパスをまわしてばかり。シュートをはずす怖さも、恥ずかしさもあるかもしれない。でも、待っていてもチャンスがやってこないのは、長年の経験でみんなわかっていると思う。視界は広く、男を見る目は甘くして、チャンスならとにかく自分で動いてみる。その先にしか、ゴールはないのだ。わたしはもういいなんて、あきらめないでください。リアルな世界には関心がないなんて振りをしている男性たちの多くも、内心では痛切に淋しく感じているのだ。

いざ、シュート！

（単行本書き下ろし）

名前はむずかしい

　ある育児系雑誌から取材を受けた。最近の子どもの名づけかたについて意見をきかせてほしいという。目のまえには子どもたちの写真と名前がセットになっておいてある。

「うーん、この虹美っていうのは、なんて読むんだろう」

「ななみちゃんです」

「じゃあ、こっちの亜々人というのは？」

「アートくんです」

　うーんと腕を組んで考えてしまった。これではまるでトンチ問題だし、いい加減な当て字のオンパレードではないか。なぜ、これほど子どもの名前は難読なものが増えたのだろう。男の子では蒼空でそら、琉醒でりゅうせい、壽来人でジュキト。

女の子なら、月愛でルナ、珠瑛瑠でジュエリ、愛夏羽であげは……。すごいのになると乃輝でナイキ、紗音瑠でシャネルなんてのまである。田舎《いなか》のスナックではないのだから、いくらなんでもそれはないよと痛感したのだった。

もちろんそれぞれの親にはいい分があるのだろう。命名のときには、子どもの将来の幸福のためにと、知恵を絞ったはずである。だからといって、なんでも好き勝手でかまわないというわけにはいかない。

いっておきますが、子どもの名前は親のおもちゃではない。生まれてから自分では一度も書いたことのないような漢字を、得意がってつかったりするのはセンスが悪いからやめたほうがいい。かの兼好法師《けんこうほうし》もいっている。「人の名も、見慣れぬ文字を付かんとする、益《えき》なき事なり。何事も珍しきことを求め、異説を好むは、浅才の人の必ずある事なりとぞ」

名前の条件は、要するに誰でも読めて、音の響きも親しみやすく、耳障りではない。それでいて、ほのかに味やしゃれっ気がある。そういうものがいいのだ。この条件のなかでも、「ほのかに」という部分が一番重要だ。一生の間に数十万回と呼ばれる名前なのだ。くどかったり、奇をてらっていたり、海外ブランドそのままだったりというのは、なにより当人に気の毒である。光宙でピカチューとか、歩如でポニョなんて調子では、当人どころか周囲だって大迷惑だ。

事情はなにも、子どものネーミングだけではない。ぼくは小説新人賞の選考委員をいくつか務めているけれど、最終選考にあがってくる作家志望者のペンネームに、この困ったちゃんが実に多い。そういう人に限って、凝《こ》りにこったペンネームをつける割には、肝心の応募作のタイトルがまるで無神経だったりする。言葉に対するセンスをまるで磨いていないのだ。それではプロの作家になるのは困難である。

日本人の名前は音の響きだけでなく、漢字の表意性も強く、しかも欧米に比べ自由度が非常に高い。親はめったにない機会だから、オリジナリティを発揮しようとするのだろうが、そこでどうしても加減がわからずに、やりすぎてしまう。誰もが創造的な世界は、ルールのないでたらめな思いつきの世界に堕《お》ちやすいものである。

ぼくの本業の小説でいえば、長篇一本には二〇人弱くらいの人物名が必要になる。書き始めるまえにキャラクターにあった名を用意するのは、真剣な大仕事なのだ。その二〇人のうち、エキセントリックな名前をつけるのは、せいぜいひとりかふたり。当然、その人物は名前のとおり突拍子もない行動をとる変わり者である。

ぼくたちの世界はいつものことながら逆立ちしている。あまりにも自由なら、その自由は自分で制限しなければならないし、誰もが創造性が大切というのなら、それはきっと避けたほうがいい道なのだ。これから自分の子どもの名前を考えるみなさん、責任は重大です。あくまで控えめに趣味よくセンスとオリジナリティを発揮するように。

（二〇〇九年七月）

VI

きみが生まれたころには

フレッシャーズのきみが生まれたばかりの一九八九年は分水嶺《ぶんすいれい》の年だった。それまでの世界がその年を境に、まったく別な世界になる。未知の扉そのものの一年で、第二次世界大戦以降もっとも重要な出来事が連発した歴史上のヴィンテージイヤーといっていいだろう。

日本では新しい元号平成がスタートした。この年に亡くなった有名人は昭和天皇だけでなく、経営の神様・松下幸之助《まつしたこうのすけ》、マンガの神様・手塚治虫《てづかおさむ》、歌謡の神様・美《み》空《そら》ひばりと、それぞれのジャンルを代表する巨人ばかり。「ザ・ベストテン」という名物歌謡番組も終了。誰《だれ》もが同じ歌を共有する歌謡曲の時代は、この年に終わりを迎えた。

終わるものがあれば、始まるものもある。この年の日本の変化といえば、消費税だ。導入当初の税率は三パーセント。一円玉が急に増えて、財布が膨《ふく》らんだ記憶がある。今にして思えば、最初から五パーセントのほうが計算は面倒ではなかった気もする。

この年で最大の話題は冷戦終結だ。激震はまずポーランドで発生した。自由選挙で非共産主義の「連帯」が上院の過半数を占める圧勝。東欧の無血革命の先陣を切る。ぼくは広告関係の会社員として働いていたけれど、米ソ超大国による冷戦構造は自分が生きているあいだは絶対に変わらないと信じていた。その世界が揺らいだのだ。

自由の大波は東欧を洗い、ハンガリー、ルーマニア、東ドイツへと広がっていく。一一月にはついに冷戦のシンボル・ベルリンの壁が崩壊し、一二月にはブッシュ大統領とゴルバチョフ書記長のマルタ会談で、冷戦終結が宣言された。多くの若者がハンマーで壁を壊していたあの幸福な夜の記憶は、ぼくにとってもこの世界にとっても宝物のようなものだ。

この年の大納会で東京株式市場は三万九〇〇〇円近くという日経平均株価の最高値を記録した。日本はバブルの絶頂で、狭い日本の地価は広大なアメリカ全土よりも高価になった。現在株価は往時の約四分の一、このときを超える新高値の望みは薄い。

八九年を境に日本という国はどう変わったのか。高度成長の青年の国から、低成長の中年の国に変わったのだ。そのことを納得するまで二〇年の時間が必要だった。人は誰でも年をとったことを認めたくないものだけれど、それは国も同じだった。カンフル剤のような財政出動を繰り返し、成長率を無理やり元にもどそうとした。それが空振りに終わり、巨額の投資がそのまま財政赤字として積みあがった。日本の借金はひとり六〇〇万円を超えるという気の遠くなるような額にふくれあがった。フレッシュマンのきみも、それだけの額の借金を背負っているのだと考えたほうがいい。すべての借金はいつか誰かが返さなければいけない。

失われた二〇年の最後の年にリーマンショックが襲来して、きみのシューカツはとても厳しかったことだろう。どの企業に入社しても、景気のいい話はほとんどきくことはないはずだ。日本はヨーロッパと同じ低成長の成熟国で、それなのにひと月近いヴァカンスも、恵まれた社会保障もない宙ぶらりんの若年寄《わかどしより》の国である。

きみが初任給で老後のための貯金を始めたくなる気もちもよくわかる。けれど、現在のこの国だって十分な豊かさをもっている。一年間に生みだされる富は五〇〇兆円。人口が一〇倍以上のお隣の大国・中国とほぼ同規模なのだ。チャンスは今も目のまえにあり、それをつかむのは目と手が素早く、未来に希望をもつきみの特権だ。

世界に絶対はない。その変化を誰よりも早く感じとれるのが、きみの力だ。あきらめや安堵《あんど》ではなく、希望と挑戦の気もちでこの世界を見つめてほしい。チャンスは今、このときにもきみの目のまえで生まれている。

（二〇一〇年三月）

検定好きな日本人

検定ブームはいっそう過熱中らしい。朝起きてから夜眠るまで、ぼくたちの日常生活のすべての科目に、なんらかの検定があるといっても過言ではないくらい。朝起きて最初のおはようの挨拶《あいさつ》ならマナー検定。モーニングコーヒーならコーヒーインストラクター検定。仕事にいく電車のなかでは、地図力検定や鉄道検定。会社につけば、パソコン検定に簿記検定に英語検定。ああ、やれやれ疲れたなとランチにでかければ、カレー検定やそば検定。仕事を終えてデートをするなら、恋愛検定にワイン検定。結婚して子どもでも生まれたら、子育てパパ力《ぢから》検定なんてものまである。やれやれ……。

いやあ、ほんとうにぼくたち日本人は、検定や資格が大好きなのだ。お勉強大好き民族なのである。昨今の不況下では、生活防衛的な意味あいもあるだろうけれど、社会人ならみなわかっているように検定や資格をもっていても、なかなかそれだけで仕事が見つかるほど世のなかは甘くない。それをわかったうえで、厳しい仕事を終えたあと検定のための勉強をするのだからエライものだ。

だからこそ逆に、日本漢字能力検定協会の不祥事は残念だった。一九七五年には受験者六七〇人でしかなかった漢字検定を、年間二八〇万人が殺到するメジャー検定に育てあげた理事長は、確かに慧眼《けいがん》だし辣腕《らつわん》だった（ちなみにケイガンは漢検準一級、ラツワンは同二級の問題）。だが、資料館の名目で購入した六億七〇〇〇万円の使用していない豪華物件とか、理事長とその長男が代表を務める会社に年間二〇億円も怪しげな業務委託をするとなると、あまりにも運営が放漫すぎる。

漢検を受験する人たちのなかには、これが非営利の財団法人が主催する試験だから信頼していた人もすくなくなかっただろう。税法上の優遇措置も金儲《かねもう》けのためでないから、許されていたのだ。それを私物化して、巨額の利益をあげるというのは、明らかなルール違反だ。漢検は就職に有利だとかで、学校ぐるみで受験する学生が多いという。その受験料が不明朗につかわれていたとすれば、せっせと勉強している学生や子どもたちを傷つけることになる。文部科学省も国税庁も厳しく検査と査察をおこなってほしい。

漢字といえば、A総理が未曾有《みぞう》をミゾユウと読んで顰蹙《ひんしゅく》をかっていたけれど、あれくらいのことで騒ぐのはあまりに幼い空騒ぎだと、ぼくは思う。漢字はむずかしいものがいくらでもある。誰だって勘違いして読みを覚えてしまった経験はあるだろう。ぼくもときどきクイズ番組に呼ばれて、しっかりと漢字書きとりを間違えたりしている（このまえは中臣鎌足《なかとみのかまたり》のトミが書けなかった……涙）。

けれど、そんなことはちっとも重要な問題ではないのだ。人間の能力は漢字の読み書き程度で簡単に測れるほど底の浅いものではない。逆にこたえがはっきりとわかる、誰かがつくった試験程度で測れるものは、さして重要ではない能力といってもいいだろう。

そこで気になるのが、日本人の検定好きだ。よくわからない関係団体（たいていは役所や業界の息がかかった財団法人）が主催する検定で、合格や等級のお墨つきを得ようとあくせく努力する。向上心をすべて否定するわけではないけれど、そこに透けて見えるのは、あいも変わらぬお上《かみ》意識ではないだろうか。なんでも上にまかせておけばだいじょうぶ。自分の好きな趣味や生きかたまで、他人に格づけされなければ不安でたまらない。脆弱《ぜいじゃく》な心の在りかただ。
そろそろ他人の評価から、あなたも自由になってみませんか。ぼくたちの生涯は書き直しも再受験もできない一度きりの試験なのだ。採点をするのは、その試験を最後まで見届ける自分自身だけで十分である。

（二〇〇九年二月）

つかって、たのしむ

さて、世はいよいよボーナスの季節。今年はさらに定額給付金で、ひとり一万二〇〇〇円政府からもおこづかいがもらえるという。金融危機で世界中の経済が大貧血状態だけれど、こういうときこそひとりひとりの消費マインドが大切だ。ちまちま貯金ばかりしていないで、ボーナスと給付金をばりばりつかって、若いあなたが日本の景気を引っ張ってください。

ぼくは今回のサブプライムローン危機も、ひとつだけ評価できる点があると思う。これまで日本では、不景気になると合言葉のように内需拡大ととなえていた。けれど、実際に景気がうわむくには、いつも輸出企業の業績回復を待たなければならなかったのである。だが、今回は違う。

アメリカもヨーロッパも、金融機関がひどく傷んで、実体経済も急降下中なのだ。

高級車で名高いメルセデス・ベンツなどはクリスマス休暇を四週間もとって、工場を閉鎖するそうだ。ひと月近く休業なのである。うらやましいどころの騒ぎではない。

さすがにわがニッポンも輸出頼みで景気回復を図るのは困難な外部環境になった。いよいよかけ声倒れでなく、真剣に内需拡大を実現しなければ、明日はない。だいたいみんなもおかしいと思いませんでしたか。せっかくがんばって貿易黒字を積みあげ、せっせとドルを貯《た》めこんでも、黒字が拡大するたびに円高ドル安になっていく。これではまるで金庫のなかのお金が、木の葉に変わっていくようなものだ。普通の日本人の生活はまるで豊かにならないのである。

幸い金融危機の影響で、円はドルやユーロだけでなく世界中の通貨に対して値あがりしている（そんなに強い通貨は円だけ！）。海外製品のショッピングには最高の状態だ。ものによっては、半年まえの半額で手にはいるブランド品だってある。日本人がこつこつと貯めた個人資産は一五〇〇兆円という。いくら老後が不安でも、これは明らかな貯蓄過剰である。そのうちの一〇分の一でいいから消費にまわせば、豊かな生活を送れるうえに、需要不足に悩む世界から感謝されるだろう。

ぼくは日本人はまじめだなあと痛感する。エリートでなくても、毎日自分の限界まで働き、仕事自体のなかに達成感や目標をおいている。働いて得た所得でたのしく暮らすというあたりまえのことが、ムード的にはとても困難なのだ。

もちろんぼくだって、危機まえのアメリカ人のように、借金までして贅沢《ぜいたく》したほうがいいとは思わない。でも、円高になるとすぐに輸出がタイヘンと企業側に立って騒がなくてもいいはずだ。個人サイドに立ち、いいものが安く手にはいって、暮らしが豊かになるとよろこぶのが正解なのだ。誰もが企業経営者のようなことばかりいわないで、のびのびと自分の生活を豊かにすればいいのである。

そうそう、そういえばもうひとつ金融危機にはうれしい点があった。このところの成金消費がガクンと縮小しているのだ。一〇万円以上の万年筆、二〇万円以上のスーツ、一〇〇万円以上の高級腕時計、一〇〇〇万円以上の高級輸入車。こうした高級品市場はすべて来年には半分に縮小するだろう。高いほうが売れるのだからと、何度も値あげを繰り返してきた高級ブランドは、マーケティングや販売の戦略を、根本から考え直すことになる。

この金融危機で「高いものがカッコいい」から「ただ高価なだけのものは、アウト・オブ・デートでカッコ悪い」という価値転換が起こるのだ。そういう時代に購買力が上昇する「円」をたくさんもった日本人が、どういう選択を示すのか。ぼく個人としては、その部分をウォッチするのが、二一世紀前半のとても興味深い社会観察のテーマである。

（二〇〇八年一一月）

※時代は変わる。五年たって円相場は完全に反転した。今度は円安時代の到来である。1ドルは一一〇円、ユーロは一五〇円を目ざして続落中。輸出企業にはいいけど、個人には厳しいなあ。

あこがれが消える日

東京有楽町《ゆうらくちょう》の西武《せいぶ》デパートが閉店するという。去年は池袋の三越《みつこし》も店をたたんでいる。どちらもなじみのあるデパートだから、デフレ不景気の波もいよいよ都心までさらったのかと、少々淋《さび》しい気分になった。

ぼくは一九六〇年生まれ。日本の高度経済成長とバブル景気をたっぷりと経験できた世代だ（もちろんその後のうんざりするような「失われた二〇年」も）。この世代にとって、消費とおしゃれとカルチャーの中心は、まさに都心のデパートだった。デパートこそが、新しい文化的なライフスタイルの王さまだった。そこにいけば、あこがれの暮らしのすべてが手にはいる夢のような場所だ。

わが家は下町で商売をしていたので、日曜日など母と妹とタクシーでよく銀座のデパートにのりつけたものだ。洋服や文房具を買って、不二家《ふじや》でパフェをたべる。

それだけで十分満足のいく休日になった。映画は有楽町、服を買うなら銀座のデパート、電気製品は秋葉原《あきはばら》、本は神保町《じんぼうちょう》。今振り返っても、下町の子どもは恵まれていたと思う。

そういえば、日本のマクドナルド一号店でホットチョコレートとチーズバーガーに感激したのも、銀座三越の一階だった。小学生のぼくは、ぴかぴかのカウンターのまえに立つだけで緊張して、誇らしい気分だった。紙袋にも感心した。おなじみの英文ロゴいりなのだ。こんなにおしゃれで、安くて、おいしいものが世界にはあったのか。

そのデパートが、不振のどん底にある。全国の百貨店売上高は一三年連続でダウンして、ピークの一九九一年から三割以上減少している。まさに消費の王さまの危機なのだ。この二〇年間には確かにいろいろなことがあった。日本はヨーロッパと同じように低成長の国に変わった。消費は洗練され多様化して、とても総合デパートの品揃《しなぞろ》えでは太刀《たち》打ちできなくなった。衣料やインテリアや電気製品、かつてデパートのドル箱だった分野に、超高級品と驚異的に安価なショップが続々誕生した。たとえばソファを探すとき、ぼくたちはカッシーナで二〇〇万円の革ソファとイケアやニトリで二万円のソファを同時に見ることができる。デパートには残念ながら、デザインと価格という商品力を極限まで研ぎ澄ませたどちらの商品も欠けている。

　けれど、なによりもおおきかったのは、ぼくたち消費者の心の在りかたの変化だろう。バブル期までは消費がカッコいいことで、誰からも賞賛される行動だった。新しい魅力的な商品、人がしらないブランド、流行の波の先端をのりこなす暮らし。そうした高感度な消費が「イン」だったのだ。

　けれど、低成長と賃金抑制がすべてを変えてしまった。新卒で入社したフレッシユマンが、初任給から老後のための貯金を始める時代だ。ものではなく、いつやってくるかわからない将来の危険への安心を金で買う。そういう時代には、消費は消極的な悪徳で「アウト」の宣告を受けてしまう。

　ぼくたちの明日への夢は、より豊かでおしゃれな暮らしをすることではなく、なんとか生き延びることに変わってしまった。夢も経済と同様、強烈なデフレを起こしている。世界中に魅力的な商品があふれていても、手のなかににぎった現金（それ自体ではなにも生みださない銀行の磁気テープに記録された数字だ！）のほうを大切にするようになった。

あらゆる商品ジャンルをユニクロ的なカテゴリーキラーが占有する近未来を、ぼくは想像してみる。現金と低価格の王国には、あこがれが生き残る余地はなくなっていることだろう。だが、あこがれの消えた時代は同時に希望も消えるのだ。ぼくたちは今、その境界線上を生きている。あこがれがいつか、この国でよみがえる日はくるのだろうか。

（二〇一〇年二月）

国際テストの見栄《みえ》っ張《ぱ》り

『5年3組リョウタ組』という、初めての学園小説を書いた。舞台は地方都市にある元名門公立小学校。そこで取材のために、いろいろな先生に会ったり、学校関係の資料を読んだりすることになった。

ぼくが驚いたのは、どの先生もひどくいそがしそうだったこと。それも実際の授業やその準備に割く作業ではなく、報告書やアンケートなど学校内のペーパーワークが昔にくらべてひどく増量しているのだ。ガッコのセンセはお気楽などというのは過去の話で、朝七時に登校して、帰りは夜一〇時。休日は繁華街をパトロールしたり、部活の顧問をこなし、夏休みだってなんだかんだと学校の用があり、実質的に休めるのは一週間ほどというのが、平均的な教師の姿だった。なんだか、教える側の先生にもゆとりがなくなっているなあ。大量のペーパーワーク（文書主義は役人の悪《あ》しき風習！）はどこにいくのだろう。それが取材を終えた感想だった。

そんなとき、また一〇年ぶりに学習指導要領の改訂案が、文部科学省から発表された。小学校の授業を一割アップして、「基礎基本の知識を増やし、活用力を高める」のが目標なんだとか。まだゆとり教育の結果さえはっきりでていないと思うのだけど、一八〇度の方針転換である。

なんでも、ＯＥＣＤ（経済協力開発機構）が開催している国際学習到達度調査（ＰＩＳＡ《ピサ》）での日本の成績が落ちているかららしい。三年ごとに実施される試験で、基本となる読解力は八位↓一四位↓一五位、数学的応用力は一位↓六位↓一〇位と連続して順位をさげたのだとか。国際試験の成績くらいどうでもいいと思うけどなあ。首位のフィンランドとは国のサイズも、教育に対する考えかたも違うし、日本人と比較して、かの国が抜群に知的能力が高いとも思えない。

実際にぼくも公開されている読解力の問題に目をとおしたけれど、これがけっこうな難問なのだ。普通の一五歳にはなかなか解けないんじゃないかな（まあ、ぼくの場合自分の小説が入試問題になっても正解できなかったりするので、あまり信用はできないけれど）。ＰＩＳＡは知識の量ではなく、その知識を実際の生活のなかで起きる問題にどう応用するかを試されるタイプの試験なのだ。こういう応用力というのは、日本のお役人にはもっとも欠けていると思うのだけど、みなさんはどう感じますか。

今の小学生は、ほとんど塾にかよっている。さらにスポーツや音楽などの習いごとで、平日の放課後はほぼびっちり埋まっている。遊びにいくときさえ、電話で予約をとりあい、疲れたときには子ども用栄養ドリンク！　をのむ日々。売れているファミリーむけ雑誌は、受験競争をあおるような品のない記事ばかり。こういう事態のなかで、一〇パーセント授業時間を増やすことに、果たして効果が期待できるのだろうか。

ぼくは『5年3組リョウタ組』のなかで、学年五クラスで競われる到達度試験というクラス競争の話を書いた。その試験でトップを狙《ねら》って、子どもたち自身が暴走してしまうのが最終章のテーマである。5年3組のなかで、優秀な上位一〇人と学業不振な一〇人が対立していくのだ。二五歳のリョウタ先生がだすこたえは、試験問題を破り捨て、近くの海辺に「生活学習」にでかけてしまうという極端なものだ。でも、ときには試験問題を破るくらいの蛮勇《ばんゆう》だって教育には必要ではないだろうか。

ＰＩＳＡの成績をあげたいというのは、はっきりいって国としての見栄っ張りである。実効性がはっきりしない試験に振りまわされるのではなく、目のまえの子どもたちをもっとよく見てほしい。ほら、働く大人の表情を映して、つまらなそうに曇っているから。

そちらのほうこそ大問題。

（二〇〇八年三月）

地震をよろこぶ人たち

中国四川省《しせんしょう》で巨大な地震が発生した。報道によると地震から二日たった現時点で死者は一万人を超え、いまだに校舎の瓦礫《がれき》のしたで中学生数百人が生き埋めになったままだという。死者の冥福《めいふく》を祈りつつ、一刻も早い救助を願ってやまない。

地震発生直後、情報がすくなかったので、ぼくにしてはめずらしいことに、ネットであちこちの掲示板をのぞいてみた。そこで、心の底からがっかりしてしまった。今回の地震をよろこんでいる（というより快哉《かいさい》を叫んでいる）無数の書きこみに出会ったからだ。いったいいつから日本の社会で、中国はこれほどの悪役になってしまったのか。

確かに問題は誰でもすぐ指を折ることができる。毒いり餃子《ギョーザ》事件のうやむやなままのあと味悪い幕切れ。チベット自治区での民主化運動に対する暴力的な鎮圧行動

（これは非難されなければならない！）。その後の聖火リレーでは、世界各地で過剰なまでの防衛態勢が目についた。反日デモやサッカーの日本代表戦における品のない声援などというのも、不愉快だったかもしれない。

　ぼくも多くの日本人と同じように、個々の問題については中国という国も、共産党独裁の中央政府も、非を認め、改善すべき点があると考える。けれど、それと今回の地震をよろこぶ立場とは、百歩千歩のへだたりがある。

　思えば今から四〇数年まえ、東京オリンピックを迎えたころの日本は、現在の中国といくつか共通点をもっていた。国内に無数の問題や矛盾を抱えながら、近代化の坂道を駆けのぼる青春まっただなかの時期である。食品のなかに有毒物質が混ざる事件も多発して、毒いり餃子などとは比較にならない被害が生まれていた。粉ミルクや油のなかに砒素《ひそ》やＰＣＢ、ダイオキシンが混入したこともあったほどである（こちらは一〇〇人を超える死者がでている）。日米安保反対のデモでは、学生・警察の双方に多数の死傷者が発生した。ほんの四〇年ばかりまえは、日本だって中国と同じ成長期の苦しみの最中《さなか》でもがいていたのだ。

　ぼくも、天災をよろこぶ人たちも、中国への視線ではたいした差はないのかもしれない。苦しみつつトンネルの先にある光にむかって駆けていく（すこしばかり図体のおおきな）遅れてきた青年。きっとその青年を見る態度が違っているだけなのだろう。おとなりさんとして困っていれば手を伸ばし、障害をのり越えるのを助けようとするか、あるいは気にいらないところがあるからと、薄闇《うすやみ》のなか足をすくってさらに困らせようとするか。それはただ隣国への態度というだけでなく、国家や人間を見るときの根本的な姿勢のあらわれなのかもしれない。

どんな国でも、光と影をあわせもつ。問題のない国はないし、歴史上道徳的に非難されるようなおこないを一切しなかった国も（国の定めた教科書ではどうあれ）存在しない。だが、その国のもつ光を評価するか、影の部分だけを見て仮想敵国にしたてるかで、対応はまるで異なってくる。同朋《どうほう》アジアの重要なパートナーとして、中国とはこれからもつきあっていかなければならないのだ。すすむべき方向は、日本人の多くには間違いなくはっきり見えていると、ぼくは信じる。

現在、中国や韓国についてこの程度のごく常識的な意見を述べるだけで、一部の人たちから過剰な反応が津波のように寄せられる。けれども、地震国日本に生まれた人間のひとりとして、やはり四川大地震をよろこぶような心ない意見を黙って見過ごすことはできなかった。この文章を読んだあなたは、どう感じただろうか。ぼくたちは人の痛みへの想像力をなくしてはならない。その心の働きのなかにしか、よりよい世界へ続く道などないのだから。

（二〇〇八年五月）

日本一元気な村

賞をもらってしまった。

それもかなりうれしい賞である。ちなみに小説以外でいただくのは、中学校以来なのだ。その名も栄誉あるベスト・ファーザーイエローリボン賞（学術・文化部門）である。まあ、選考委員がうちの家庭のなかまで見学にきて、賞を与えるというわけではないので、実際にどれほどぼくがいい父親なのかは不確かだけど、それでもやっぱりうれしいものだ。いやあ、ほんとに子育てって、たいへんなんですから。

ぼく以外の受賞者は錚々《そうそう》たる顔ぶれだった。俳優の仲村《なかむら》トオルさん、アーチェリーの銀メダリスト・山本博《やまもとひろし》さん、JR東日本社長・清野智《せいのさとし》さん。そして、最高齢の御年《おんとし》七三歳、長野県下條《しもじょう》村長・伊藤喜平《いとうきへい》さん。最後の伊藤村長のお名前を、ぼくは寡聞《かぶん》にして存じあげなかった。それに七〇すぎのベストファーザーって、いったいどういう意味なのか。まだ幼い子どもでもいるのだろうか。最初はそんなふうに不思議に思っていたのだ。

だが、ステージのうえで紹介された伊藤村長の仕事ぶりをきいて、ぼくは感動した。その場でつぎのコラムはこれしかないと決心したくらいである。下條村は長野県南部にあるちいさな村だ。目だった地場産業も、有名な観光地もないごく普通の過疎の村だったのである。伊藤村長が九二年にトップに就任するまでは。

それからの一六年間の村長の業績は素晴らしいのひと言に尽きる。目標は人を増やす、子どもを増やすという現代日本では究極の難題だ。その第一歩として、村は一〇年以上もまえに「若者定住促進住宅」を建て始めた。２ＬＤＫで駐車場が二台分ついて、家賃は割安な月三万六〇〇〇円。入居条件は子どもがいるか、結婚の予定があるカップルで、村の行事や消防団への参加も入居条件である。この住宅がおおあたりして、今では一二四世帯が暮らす。

さらに下條村では、四年もまえから中学生までの医療費は、すべて無料である。保育料も二割引き下げた。これらの政策には当然コストがかかる。その分を伊藤村長は財政のムダをはぶくことでのり切ったという。村役場の職員を民間企業で研修させ、仕事のスピードとコストを徹底的に意識させたのだ。六〇人近くいた人員は、半分近い三四人に削減。これは現在なら王道的な行政改革手法にきこえるだろうが、バブルの余熱で補助金漬けがあたりまえだった九〇年代には、正気の沙汰《さた》ではないといわれたのである。

その結果どうなったか。三八〇〇人だった人口は、一割以上増加して四二〇〇人へ、おおきく飛躍した。出生率は全国平均の一・三二人を軽々とうわまわる二・〇四人で、長野県ではナンバーワンである。村立の保育園には一五〇人以上の子どもたちがあふれ、建物は二度の増築を重ねたという。素晴らしい話じゃないか。

少子化はずいぶん以前から、日本の大問題になっている。だが、どうして下條村で実現できたことが、日本全国でできないのだろうか。霞《かすみ》が関《せき》の役人も、永田町《ながたちょう》の政治家も、伊藤村長に頭をさげて話をききにいけばいい。

このところ後期高齢者医療制度が話題になっているけれど、老人につかわれる医療費の巨額さにくらべて、日本では子どもたちへの予算は微々たるものだ。人口が減っていくこの国で、過疎の地方にバンバン道路をつくるなどというのは、愚かさの極みだ。日本の未来のためにも、子どもたちと若い親のための予算をもっと増やすべきである。その予算はきっと将来何倍にもなって返ってくるだろう。たくさんの子どもたちが駆けまわる景色が日本中で見られたなら、たとえベスト・ファーザーでなくたって誰もが心あたたまることだろう。

（二〇〇八年六月）

坂の下の湖

財政赤字が天文学的な数字にふくれあがって、日本のギリシャ化が危惧《きぐ》されている。もうあまり猶予《ゆうよ》はない。国債の未達が発生すれば、株・通貨・国債の強烈なトリプル安がやってくる。そうなれば、日本人の誰もが厳しい窮乏生活を強いられることだろう。

さてさてそこで考えてみよう。今、世界中で悪名高いギリシャだけれど、ぼくは日本のギリシャ化、案外悪くないのではないかと思うのだ。ギリシャは海運と観光で働く人のほかは、ほとんどお役人ばかりの国。政府は公務員の給料を引き下げ、福祉や社会サービスも削り、大増税に走っている。

けれど、ギリシャ人の多くは、今日も地中海のビーチで面積極小のビキニ姿なんかで、のんびりとバカンスをたのしんでいることだろう。あの人たちが財政赤字程度の些細《ささい》な問題で、バカンスをとらないはずがないのだから。

よく話題になる一年間の平均セックス回数だって、ギリシャはおとなりのトルコについで堂々の世界第二位だ。国の財布が空っぽでも、個人はしっかりと自分の生活をエンジョイしているのだ。それにくらべて、日本は経済規模で世界第二位だが、同じくセックス回数はギリシャの三分の一以下の世界最低である。なんだか元気のない日本よりギリシャのほうがたのしそうに見えてこないだろうか。

先日ある大学で講演をおこなった。講演自体は活字文化推進か、よほど義理があるときしか引き受けないので、せいぜい年に二回くらいのものである。あまり上手《うま》いとはいえない講演をききにきてくれたみなさん、どうもありがとう。その日のテーマは「坂の下の湖」だった。これはもちろん司馬遼太郎《しばりょうたろう》の名作『坂の上の雲』のもじりだ。

険しい上り坂のはるか先に青空が見えて、そこにはまともに見つめていられないほどまぶしい夏の雲が浮かんでいる。さすがに司馬さんで、青春の輝きとあこがれが香るいいタイトルだ。明治維新から一〇〇年以上、日本人はその雲に手をかけるために、必死に坂道を駆けあがってきた。

けれど、バブル崩壊でピークを超えてからこの国の在り様は反転する。以降二〇年はずっと坂道を下ってばかりなのだ。同じ坂でも今度は下り坂である。

こんなことをいうと、多くの人が上りはいいけど、下りは嫌だと、感情的に反発する。果たしてほんとうにそうなのだろうか。ぼくは日本の下り坂は、ギリシャ化と同じで、案外悪くないと思っている。

坂道を上るのは、肉体的に厳しいし、体力のない者から脱落していく。いつだって坂の上の雲に手が届くのは、知力体力に優《すぐ》れた少数派だ。けれど下り坂では、事情は反対になる。誰でも無理なく歩けて、体力のない者にも優しい。下り坂の快適な自転車を考えてもらいたい。

ただ現在の日本の下り坂の先には、坂の上の雲にあたる目標が見えていない。これがぼくたちの今の苦しみの源なのだ。目的さえはっきりしていれば、たいていの苦痛に耐えられることは、高度成長期の猛烈社員が証明している。

そこで、ぼくからの提案は、各自が下り坂の先に、自分なりの湖をつくることである。もう成長期のように画一的な目標は必要ない。自分の好きな形の湖でいい。ゆったりとした下り坂の先に、涼しげに空の青を映す静かな秋の湖をつくる。その水面《みなも》にむかって、無理せず軽々と下り坂を歩いていく。それがこれからの理想的な日本人の生き方なのだ。

国は少々貧しくなるかもしれない。でも日本の個人は世界有数の経済と自然の富をもち、世界がうらやむような安全とおたがいに対する信頼感を共有している。なあに財政赤字などで気分まで悪くすることはない。あの湖にむかって、長く快適な下り坂を、みんなで悠然と歩いていこう。青く澄んだ湖面が待っている。涼しい風が吹いている。きっとそれはそう悪くない道のりのはずだ。

（二〇一〇年七月）

あとがき

いつのまにか「R25」発のエッセイ集も三冊目になってしまった。われながらよく書いているものです。数回に一回はまったく素材が見つからず、七転八倒しているのだけれど、あとから読み直してみると、なんだかカンタンそうなことばかり書いてある。

自分がなにを考えているのか、それは普通なかなかわからないもの。締切のたびになんとか文字を埋めていくうちに、自分でもこんなことを考えていたんだと、驚くことになりました。

いや、ほんとうに世界には、おもしろいこと、あきれるほどバカらしいこと、きらりと光る素晴らしいことがあふれています。

アメリカの住宅バブルがはじけて二年、まだ世界の混乱は続いています。おかげで日本は失われた二〇年が、もう一〇年ばかり延びそうです。でも、三〇年も続くのでは、「失われた」という形容詞は間違っているのではないか。それがこの国の実力なのだ。そう見極めて、新しい生きかたを考えるしかない。このエッセイ集にも何本か、そう提案している文章がふくまれています。

そろそろ大人になって、成熟とゆるやかな下降を受けいれよう。坂の下の湖にむかって、ゆったりと歩いていこう。それは案外、たのしい旅になるのではないか。

この数年、ぼくは新しい成熟の時代の生きかたを、無意識のうちにずっと考えていたのかもしれません。

でもね、あんまり暗くなってはいけません。ニッポン国とか、国の経済とか、人口減少とか、そういうことから、自分を切り離すのが、肝要です。

国破れて、個人あり。

それも愉快で、豊かで、自由な個人がある。

修理中の借金国家で生きるには、それが一番大切なスローガンかもしれません。

さて、いつものように、関係者にお礼の言葉を。

今回もぎりぎりの進行になってしまったこの本をなんとかレスキューしてくれた

日本経済新聞出版社の赤木裕介さん、どうもありがとう。金融危機後、激変した環境でもじりじりと前進を続ける「R25」のみなさん、いっしょにがんばりましょう。

そして、この時代を全力でサバイブする若き「平成リョウマ」のみなさんへ。

時間は今日も流れています。必ず変化の時はやってくる。必ずこちらの番がまわってくる。そう信じて、なんとか今日を生き抜こう。

まあ、ときには死んだ振りするのも悪くないものです。

石田衣良

二〇一〇年九月　お彼岸すぎの真夏日に

文庫版あとがき

この本に収められたエッセイを書いていたのは、今から五年前。世界が金融危機に震えあがり、ショック状態に陥っていた時期だ。ちょうどそのころ、いらなくなった機械のように工場から契約解除された若者四人が、山形から東京まで歩きとおすという小説『明日のマーチ』を書くために、そのルートをたどる旅をした。

鶴岡《つるおか》市の工業団地から、日本海沿いに新潟にくだり、新潟からは信濃《しなの》川を左に長野にむかう。長野から軽井沢を抜けて、広大な関東平野へ。その行程はとても興味深い旅になった。強く刻まれた印象はふたつだ。

ひとつは日本はまだまだ広いという実感だ。延々と日本海を眺めながら電車に乗っていたり、誰もいない川沿いのコスモスの道を歩いているとよくわかるのだった。

ひとつひとつの風景が新鮮で、ひどく美しい。季節は夏、緑の獰猛《どうもう》なほどの生命力に、肺のなかまで緑に染まる思いをした。

もうひとつは、それでも世界はひとつということだった。取材旅行はリーマンショックから二週間ほど経過したころ。ヨーロッパやアメリカで発生した巨大なバブル崩壊が日本の地方都市の隅々まで影響し、傷痕《きずあと》を残していたのだ。衝撃波は瞬時に伝わるのだ。

これからは自分と大切な人を守り、ごく普通に平凡な暮らしを送るためには、世界の変化をきちんと正確に観測しておかなければいけない。グローバリズムが世界をのみこむというのは、こういうことであると、ぼくは初めて体感したのだった。

あれから五年の歳月が流れ、世界はグローバル化どころか、日本化を起こしている。アベノミクスでこの国の経済の足元は、そう悪くないように見える。けれど、世界を見渡してみると、デフレ不況と膨大な国家債務、そして高い失業率と格差拡大の四点セットが、ほぼすべての資本主義国に共通の条件になってしまった。

そんな時代に、ひとりひとりの個人がどう幸福になるか。

そのためのぼくなりのアイディアやヒントが、このエッセイ集に詰まっている。

これからぼくたちがおりていく坂道の下には、なにがあるか。そのプロセスをどう楽しんだらいいのか。暗い時代を上機嫌で過ごすための、ちょっとしたコツだ。日々の生活はたいへんだけれど、青空を見あげながら、ゆったりと坂道をおりていこう。その先にはきっと静かな湖がある。そう思うだけで、すこしは気楽になれるだろう。

旅の相棒は、大切な誰かといい本と音楽。それで十分。

ではまた、つぎのエッセイ集でお会いしましょう。

二〇一三年　　穏やかな十二月の夜に

石田衣良

解説

住吉美紀

あら、最後のページをめくったらまだあったよ、とここにたどり着いた貴方《アナタ》。あるいは書店で、この本を買うべきかどうか悩みつつパラパラしている途中の方や、読みはじめる前にまずここを読んで心を備えようと思った方もいるかもしれない。いずれにせよ、衣良さんの文章への入口か出口になってしまうなんて恐縮なことこの上ないのだが、貴方《アナタ》の読後感や期待感を傷つけないように（できれば盛り上げるように）しますので、本書について、衣良さんについて、少し語らせてください。だって、凄《すご》く好きなんですもの、衣良さんのエッセイが。

この『坂の下の湖』は、「R25」（リクルート社）で二〇〇五年に始まり現在も連載中の「空は、今日も、青いか？」のエッセイをまとめた本の第三弾である（本書には二〇〇八年二月〜二〇一〇年七月掲載分が収録）。日本の社会のこと、政治のこと、今という時代のこと、著者の仕事のこと、趣味や生活の楽しみのこと、そして、恋愛や結婚のことなどが、六つのパートで語られている。

語られている、というのも本書は、読んでいるとまるで衣良さんの声が聞こえてきそうなのだ。

著者自身、エッセイについて「いってみれば作家の個人的な資質やパーソナリティが、よりはっきりと前面にでてくるのが、エッセイのおもしろさだ」（エッセイ集第二弾『傷つきやすくなった世界で』より）と書いているが、実際、衣良さんのエッセイからはその人柄がビシバシ伝わってくる。本書も初っぱなから「だから、どうした！」と言い放ち、奔放ぶりが垣間見《かいまみ》えたり、「ぼくは酔っ払っていたので、適当な言葉をならべた。勢いというのは大事である」（「平成リョウマ」）、「最初のぼくの一〇〇万円はバブル期にかけて、株式投資で五倍になった。そこである女の子と出会ったぼくは、横浜でたのしく同棲《どうせい》するうちに全部つかい果たしてしまったのである。そのことについては、今もまったく後悔していない」（「お金貯《た》めてる？」）と正直に自分を曝《さら》け出してみたり、人間味溢《あふ》れているのだ。

さらに、娘の自転車の練習に猛暑の中付き合う姿や（「ヴィヴァ、自転車！」）、妙にこだわって袋入りのラーメンを作ったのに、最後は小鍋から直接するという、思わずツッコミたくなる姿（「日曜日のラーメン」）、家のオーディオシステムを真空管アンプにつなぎかえて、音の激変に「なんじゃ、こりゃあ！」とひとり叫ぶ姿（「真空管ルネッサンス」）など、読み進むうちにダメだったりお茶目だったりする衣良さんの日常が眼《め》に浮かび、どんどん親しみを覚えてしまう。人は弱みを見せられると心がよろめくからねぇ。そして、だめ押しで、タキシードジャケットにジーンズというスタイルで颯爽《さっそう》とパーティ会場に現れる（「ブルージーンズメモリー」）などという、やっぱり恰好《かっこう》いい衣良さんもチラッと思い出させたりして、うむ、こりゃあ、好きになっちゃうよね、衣良さんを。

そうやって親しみが湧《わ》く中で、衣良さんは私たち読者に直接語りかけてもくる。その声は、隣のお兄さんのようだ。不況感の続く日本で、「繰り返しになるけど、それと生きるよろこびや暮らしのたのしさはぜんぜん関係ないからね。みんな、ほんと、元気だそう！」（「だから、どうした！」）などと発破をかけてくれたり、まあまあ、となだめてくれたり、大丈夫、と励ましてくれたり。それも押し付けがましさや説教臭さがなく、背中をそっと押してくれる優しいそよ風のようなのだ。正面に座って滔々《とうとう》と語っている歳上の人の言葉ではなく、肩を並べて隣に座り、人生の同じ方向を見つめ、本人もその道を共に行く決意を持ってかけてくれる言葉。だから説得力がある。私も励まされる。

　ちなみに私は、衣良さんと、「R25」の読者層との、丁度間、真ん中くらいの世代。だから、衣良さんの書いていることの半分くらいは経験から実感を持ってわかるし、半分くらいは、そんな心境になれる日が私にも来るのかしらと、わくわく憧れの気持ちが湧いてくる。

　話が自分に及んだついでに、実は、私は個人的に衣良さんの言葉に背中を押してもらった実体験がある。しかも、なんと『傷つきやすくなった世界で』の「インタビュワーを、インタビューする」というエッセイに、その言葉と出会った番組のことが書かれている。ＮＨＫの「人見知りな夜…。」という、当時ＮＨＫアナウンサーだった私含め三人と、衣良さんが対談する番組だ。

　その番組の中での衣良さんの言葉が、ずっと心に残っていた。衣良さんが会社を辞めた日の話だった。参考までに、衣良さんは二十五歳から三十一歳まで五社の広告プロダクションで働き、その後フリーランスのコピーライターなどを経て、三十七歳で作家デビューしている。五社目を辞める時の話だと思われるが、その日のことをこんな風に語っていた。「会社を辞めるのは生活面などで少し不安もあった。でも、辞めた日、会社を出て、サラリーマンが普通歩かないような昼間の時間に街を歩きながらふと見上げると、空がすごく青くて綺麗だったんですよ。その瞬間、『ああ、自分は自由になったんだ。辞めてよかった』と心から思えたんです」。

当時、NHKを辞めようという気持ちはまだまったくなかったのだが、なぜかその言葉は強い印象とともに私の脳に刻まれた。それから五年後、二〇一一年に私はNHKを辞めた。ちょうど震災直後で、色々なことに胸が痛み、不安もあり、自らの存在の役立たなさも感じ、人生の決断を手放しで祝えない自分がいた。悶々《もんもん》とした一ヶ月が過ぎたゴールデンウィークの頃、大阪に出張した帰り、新幹線の時間も決めず、ひとりで昼間の大阪の街を少し散歩してみた。暑くも寒くもなく、そよ風が吹き、空は真っ青で、素晴らしく晴れ渡っていた。その散歩中、深呼吸しながら空を見上げた瞬間、理屈を超えた幸福感に包まれた。何時の新幹線で帰るかを決めるのも、どこへ行くかも、これからは自分の自由なんだとふと腹に落ち、衣良さんの言葉が蘇《よみがえ》ったのだ。あ、衣良さんが言っていた「自由」って、この感覚なんだ。組織を離れる決断は間違っていなかったと、まるで衣良さんに太鼓判を押してもらったようで、物凄《ものすご》くホッとしたのだった。自分の感じたその安堵《あんど》感から、衣良さんの放つ言葉の〝餡《あん》の詰まった確かさ〟も改めて実感した。

いつかこのことを衣良さんにお話ししたいと思っていたのだが、それが巡り巡って本書の解説に書かせていただくことになるとは……ご縁とは不思議である。

話を本筋に戻すと、衣良さんの言葉は、年代を超えて、時には時間をも超えて、受け手の細胞に染み込み、影響を及ぼしていく気がする。その底力は、言葉がすべてホンネの実感や実体験を伴っていて、机上の空論ではないところにある。これは、特に男性では稀有《けう》なことのように思う。

人生のベテラン男子で多いのは、とにかくまず説教型、理論型。そりゃあ、理屈ではそうだけど、じゃアナタそれご自分は出来るのですか？　と言いたくなるタイプ。あるいは、「今の若者は……」とはなからダメ出しするタイプ。自分の世代を棚に上げてよくもまあ、というものだ。さらに、歳に関係なく男子に多いのは、全体像や周りとの比較の中で、正論を語るタイプ。男性はどちらかというと組織の中でうまく立ち回れる、つまり、犬的（犬はボスのもとに群れる生き物である）な人が多いというのが実感。犬的男子はまず組織ありきで考えるので、「組織を変えよう！　国を変えよう！」というような大きな話から入る場合が多い。でも、これも正直、なに言っちゃってるの、言ったからには本当にアナタやるの？　と怪しい。それこそ、組織の状況が変われば、コロッと言うことが変わったり。しかも、それで本人が本当に幸せかというと、甚《はなは》だ疑問なのだ。

しかし、衣良さんは違う。「あんまり暗くなってはいけません。ニッポン国とか、国の経済とか、人口減少とか、そういうことから、自分を切り離すのが、肝要です。国破れて、個人あり」（「あとがき」）、「どんなに息苦しく閉塞《へいそく》した社会だろうが、きみの青春は今の時代のなかにしかない。（中略）きみは仕事でも恋でも夢でも、自分勝手に追いかけていけばいい」（「キーワードは『切断』」）、「日本は経済規模で世界第二位だが、同じくセックス回数はギリシャの三分の一以下の世界最低である。なんだか元気のない日本よりギリシャのほうがたのしそうに見えてこないだろうか」（「坂の下の湖」）と、周りの状況より、自分の環境や人生、今を大事にしなさいと、何度も語りかけているのである。どちらかというと、女子トークですね、これは。女性はプラグマティックで、自分の日常から一メートル範囲にちゃんと強い関心を持ちつづける生き物だから。でも、だからこそ個人の人生の幸せには、よりシビアでもある。さらに、衣良さんのエッセイで度々出てくる、恋愛、結婚の大切さをわかり合えるのも女子だったり。もしかしたら衣良さんの心には、小さな女子が潜んでいるのかもしれない。

あるいは、群れないネコ的、とも言える。自分軸の価値観を大事に、不器用でも、飄々《ひょうひょう》としたマイペースさで自分なりに生きてみては、と提案してくれている。そこには、読者に対しても、著者自身に対しても、リスペクトと愛がある。自分を棚に上げて正論を語る胡散臭《うさんくさ》さもないし、言い放って逃げるズルさもない。そして、それは今の日本に足りないものでもある気がするのだ。もっともっと〝衣良ネコ〟のような生き方、考え方の人が増えたら、日本は変わるのではないだろうか。そんな希望さえも与えてくれるのである。

「ほんとうの知性の働きには、自分のおかれている環境や生活を向上させる具体的なアウトプットが欠かせない。（中略）自分なりの視点からソリューションを見つけていく。それこそがほんとうの『知』の働きなのだ」(「クイズ番組恐怖症」)とすると、衣良さんは正に、ほんとうの知の人だ。自己啓発本には批判的な衣良さんだが、本書はある意味、「知」を働かせた立派な自己啓発本!

〝衣良ネコによる生き方指南本〟である。

本書でも何度も出てくるように、日本は、先進国、経済大国として、成熟の時代に入っている。エッセイ集を第一弾から本書まで三冊読むと、著者が時代にいかに寄り添って生き、考え、表現を続けているかが伝わる。東日本大震災があり、その後の復興も、原発の事故処理も、国の借金も高齢化もまだまだどこに落ちつくのか先が見えない状況だが、日本がこれからどうしていくかは、間違いなく世界から注目されている。成熟国として今後どう変容するか、精神的にマチュアな変わり方が果たしてできるのかどうか、日本は試されている。楽な時代では、確かにないであろう。でも、衣良兄さんは、きっとこれからも私たちと一緒に歩んでくれるに違いない。だから、私たちも歩もう、私たちの時代を。


(すみよし・みき　タレント・エッセイスト)

初出
リクルート「R25」連載「空は、今日も、青いか?」
二〇〇八年二月〜二〇一〇年七月掲載分(特別号含む)

本書は二〇一〇年十月、日本経済新聞出版社から刊行されました。

集英社文庫

坂《さか》の下《した》の湖《みずうみ》

2014年1月25日 第1刷

定価はカバーに表示してあります。

著者 石田衣良《いしだいら》

発行者 加藤 潤

発行所 株式会社 集英社
東京都千代田区一ツ橋2-5-10 〒101-8050
電話 03-3230-6095（編集部）
03-3230-6393（販売部）
03-3230-6080（読者係）

印刷 図書印刷株式会社

製本 図書印刷株式会社

フォーマットデザイン アリヤマデザインストア マークデザイン 居山浩二

ISBN978-4-08-745152-8 C0195